絶対零度《ぜったいれいど》の魔法使《まほうつか》い

2

author
アルト

Illustration
∴

主な登場人物 Characters

アウレール

ナハトの護衛をしているエルフの女性。氷魔法が得意。

ナハト

本作の主人公で元・落ちこぼれ貴族。死にかけたところを助けられ、目が覚めると最強の氷魔法使いに覚醒していた。覚醒後は何故か髪の毛の色が抜け、白髪に。

ウォルフ

狼の魔物。餌付けをしたら懐かれてしまい、一緒に旅をする事に。

ウェインライト
シャネヴァの領主。善良な領主だが、不穏な噂と何やら関係があるようで——？
アンバー
元・奴隷の冒険者。かつてナハトたちと共に暮らしていた。
シェリア
行方不明になっていた少女。大人しそうな見た目に反して、戦闘力は反則級。

第一章　怪しい噂《うわさ》とかつての友人

第一話

魔法適性が皆無の落ちこぼれ貴族だった俺――ナハト・ツェネグィアは、ある日森の中で突然襲《おそ》われ、瀕死《ひんし》の重傷を負ってしまった。エルフで俺の護衛《ごえい》であるアウレールの氷魔法で、一命は取りとめたものの、氷漬けのまま仮死状態に。

そのまま一年間眠り続け、目が覚めたら――なんと氷魔法の適性に目覚めていた。

エルフの里で修業をして魔法の使い方を覚え、これからは自由に生きられると思ったのも束《つか》の間《ま》、とある貴族が仕向けた刺客《しかく》に襲われてしまう。

その貴族の正体を問い詰めるべく、刺客が身を寄せていた奴隷商《どれいしょう》のもとに向かい、俺の縁戚《えんせき》であるリガル・シューストンを倒したものの、こいつは黒幕ではなかった。

そして、俺に伝えられたのは、ノスタジア公爵《こうしゃく》という貴族の名前だった。

もう貴族に蔑《さげす》まれ、振り回されるのはこりごりだ。

俺は、穏やかで幸せな人生を手に入れる為、自分に危害を加えようとする貴族たちを、全員凍らせる事を決意したのだった。

◇◆◇◆◇◆

「——あんたは知ってるか、あの噂《うわさ》を」

喧騒《けんそう》にまみれた古びた酒場。

椅子に腰掛けて酒をあおっていた大男は、おかしそうに初対面の俺に語る。

「あの噂？」

「ああ、そうさ。最近はどこも、その噂で持ちきりよ。なぁ？」

俺が聞き返すと、男は側にいた痩躯《そうく》の男に同意を求める。

「違いない」

痩躯の男は、身体を揺すりながら、ククッと笑い同調した。

その噂とやらは、随分《ずいぶん》と愉快な話なのだろう。

噂の内容を俺が問い掛けるより先に、気分をよくした大男が言葉を続ける。

酒のおかげで、口が軽くなっているようだ。

「ツェネグィアにある奴隷館《どれいかん》が、奴隷商とシュースト侯爵家の嫡男《ちゃくなん》ごと氷漬けにされた一件。噂じゃ、たった一人でやったって話だ。貴族の連中が必死になって犯人を捜《さが》してやがる。こんなに痛快な事はねぇだろ」

貴族はあまり好まれる存在ではない。権力を振《ふ》り翳《かざ》し、好き放題している人間が多いのだ。

特に、シュースト家の人間は典型的な『嫌な』貴族だ。

そんなヤツらが、犯人に翻弄《ほんろう》されている。

嫡男を半殺しにされながら、手掛かりすらない。

「あいつらの怒り具合を考えれば、酒も進むってもんだ」

大男はそう言って、口角を吊り上げながら追加の酒を大声で注文した。

「……どうして、たった一人にやられたって分かるんだ？」

「そりゃ、魔力の痕跡《こんせき》を辿《たど》ったからだろうよ。その場に残っていた魔力は、ほとんど一人のものだった。しかも、抵抗できないまま氷漬けにされたらしい。得体の知れねぇ犯人を恐《おそ》れて、どこも警戒態勢《けいかいたいせい》さ。もっとも、その態勢がしかれているのは貴族の周囲だけだが」

大男の言葉を聞いて、俺は思案する。

もう少し、力を抑えておくべきだったか……いや、あまり時間は掛けられなかった。

それに、アウレールの存在を知られたくない。一人の仕業と捉えられている状況は決して悪くないのではないか。そう納得する事にした。

「……にしても、ツェネグィアからそれなりに離れたこの場所にまでそんな噂が広まってるんだね」

大男にそう話し掛ける。この噂の犯人とやらは俺なのだが、リガルを倒し、ツェネグィア領を出た俺たちは、随分と離れた場所に来ていた。

ここはノスタジア公爵領の、冒険者たちが集う街。名を――シャネヴァという。

そして、俺の数少ない知人の一人がいる街でもある。

その知人を捜してこの街に来たはずなのに、何故《なぜ》か俺の噂を聞く羽目になっている。

今の状況に溜息をもらさずにはいられない。

「そりゃ、貴族の不幸話なんざ、俺らからすりゃ極上の酒の肴《さかな》だろ？　どいつもこいつも面白がって、色んなところでこの噂を話すもんだから、あっという間に広まったのさ」

大男の顔は、当たり前だろと言わんばかりであった。

どうやら、俺たちが今シャネヴァにいる事はまだバレてなさそうだ。

「それもそうか」

安堵《あんど》しながら、俺は笑顔で頷いた。

「ところで、一つ聞きたい事があるんだけど……いいかな」

懐《ふところ》から硬貨を取り出して、大男の側に置く。

「銀貨たあ。へへっ、兄ちゃんは随分と景気がいいんだな。かまわねえぜ？　何が聞きたいんだ」

俺の行動に気をよくしたのか、大男が口角を吊り上げながら、そう言った。

「人を捜してるんだ」

「人を？　名前は？」

本当はノスタジア公爵家の事も聞きたいのだが、相手は公爵家。

俺やアウレールの求める情報が、酒場でほいほい手に入るわけがない。

「アンバー」

「……ん。わりぃ。聞いた事がねえな。おめえは何か知ってるか？」

大男は、側にいた痩躯の男にも確認する。

痩せた男が、グラスになみなみと注がれた酒を口に運びながら、数秒黙考《もっこう》する。

「……アンバー。アンバー……ねえ。どこで聞いたんだったか……ぁあ、そうだ。思い出した。あれだ、少し前まで騒ぎになっていた、あの依頼を受けようか悩んでいた時に聞いたんだ」

「あの依頼？」

俺が聞き返すと、横から大男が口を挟んできた。

「兄ちゃんはシャネヴァに来たばっかりか。金をもらったから、詳しく教えてやるよ。あの依頼っては、ここから少し離れた廃坑での依頼でな。そこで変異種《へんいしゅ》の魔物を見かけたって言うヤツがギルドにやってきたんだ」

変異種。稀《まれ》に魔物の中に特別な力を持った者が生まれてくる。

本来の姿とは異なる見た目をしている場合が多く、その判別は比較的簡単だ。

修業中にエルフの里で討伐したジャヴァリーの変異種なんかもこれに当たる。

確かに、普通のジャヴァリーよりは凶暴で手強かったが問題なく倒せたし、変異種は度々出現する。騒ぎになるほどの事だろうか？

「それだけなら、よくある話だった。驚《おどろ》く事じゃない。だが、変異種の魔物の数が問題だった。その数はなんと――五体」

大男が目を見開きながら、そう続ける。

突然変異はあくまで、『稀に』見られる個体である。

同時に複数体、五体も見つかるのはかなりの異常事態だ。

「勿論《もちろん》、何かの見間違いだろうと誰もが思った。変異種が同じ場所に同時に五体も出現するなんざ、生まれてこの方、聞いた事はねえ」

見間違いだと言う大男の考えは常識的なものだ。

「そんなわけで、ギルドが調査隊を編成して向かわせる事になってよ。少し前までその人員の募集をしてたんだ……まぁ、廃坑とシャネヴァは目と鼻の先。変異種が溢れようものなら、シャネヴァが大変な事になっちまうからな」

「もっとも、ノスタジア公爵家がどうにかしてくれれば早い話ではあったんだがな」

「……ノスタジア公爵家」

痩躯の男の口から予期していなかった言葉が出て、俺は硬直してしまう。

俺の変化に気づいていないのだろう。大男は痩躯の男の言葉に続けて、また話し出した。

「今は名ばかりになっちまったが、あんなんでも『燦星公爵《さんせいこうしゃく》』なんて呼ばれていた英雄の末裔《まつえい》だしな。魔法の腕は今や見る影もねぇが」

この国には、四大公爵家と呼ばれる四つの公爵家が存在している。

彼らは五百年前に起こった大戦にて、比類なき活躍をした英雄の子孫である。そして、その血には特別な力が宿るとされていた。

四つの公爵家にはそれぞれ、名が与えられており、ノスタジア公爵家は『燦星公爵』と呼ばれていた。『燦然と煌めく星』という意味を込めてつけられた呼び名だ。

だからこそ、俺たちは下手に手出しができない。

『燦星公爵』の地位によって、多少の悪行はいとも容易く闇に葬る事が可能。

そもそも、握り潰したことすら世間には認知されないだろう。

ノスタジア公爵家の話題が出た事で、わき上がった怒りをどうにか隠し、逸れた話を元に戻す。

「……ところで、二人はその調査には参加しなかったの？」

そう尋《たず》ねると、大男は気まずそうに苦笑いをした。

「金払いはよかったんだがなぁ？　ちょいと気乗りしなかったんだよ……なんつぅか、色々と引っ掛かるっていうかよ」

「……引っ掛かる？　って、ちょっと待って」

「ん？」

そこまで話したところで、俺は思い出す。

痩躯の男はその依頼を受けようか悩んでいた時にアンバーの名前を聞いたと言っていた。

「……つまり、アンバーはその依頼を受けたって事？」

「おそらくは。本人から直接聞いたわけじゃないから、絶対にとは言えないが……」

痩躯の男の言葉に頭を抱える。そんな危険な依頼を受けるなんて……

「──あいつの無鉄砲《むてっぽう》は相変わらずか」

すると突然、会話に新しい声が割り込んできた。

終始、俺の側《そば》で無言を貫《つらぬ》いていたアウレールの声だ。懐かしむような声色だった。

アンバーとアウレールは顔見知りである。

アンバーもかつて俺が奴隷商から買い取った人だ。

俺が値段があまり高く付かない欠陥品の奴隷——壊れ者ばかり買うようになる以前に出会った為、彼女は特になんの欠陥もない。普通の人間の少女だった。

数年間一緒に暮らしたが、五年前に色んなところを旅して回りたいと言って出ていった。

それからは全く会っていなかったが、手紙が来て、この街を拠点に冒険者活動をしている事を知ったのだ。

アンバーは呪《のろ》いでもかけられているのではと思うほど、運のない少女であった。それなのに、無鉄砲なところがあって、トラブルに巻き込まれがちだ。

詳しくは聞いていないが、奴隷として売られる事になったのも、そのせいなのではなかろうか。

どう考えても危険な依頼に、ほいほいと首を突っ込んでいる辺り、彼女は変わっていないのだろう。つい、溜息がもれた。

そんな俺たちの様子を前に、痩躯の男は励ますように言葉を続けた。

「ま、まあ、まだそうだと決まったわけじゃないし、たとえ依頼を受けていても多分無事でいるだろう。調査隊の中にはAランクのヤツもいたはずだ。怪我をする事はあるかもしれんが、流石に命を落とす……なんて事はないだろう」

彼女の不運ささえなければ、彼の言う通りだろう。

しかし、そういう局面で必ず厄介事に巻き込まれるのがアンバーだ。

「……そうだったらいいんだけどね。とりあえず教えてくれてありがとう。助かったよ。行くよ、アウレール」

「分かった」

俺とアウレールは席を立った。アンバーがいるかもしれないなら、今すぐに向かうべきだ。シャネヴァまでの道中で廃坑を見かけたので、おおよその場所は把握《はあく》していた。

「待て待て待て。お前ら、もしかして廃坑に行く気か？」

歩き出そうとした俺たちを、大男が呼び止める。

「ガウッ」

その時、入口のドアが開き、首輪をつけた狼《おおかみ》の魔物《まもの》――ウォルフが顔を覗かせた。

「なんだ、従魔がいたのか。そいつに偵察に行ってもらおうって魂胆《こんたん》だな？　安心したぜ。変異種が五体もいるかもしれない場所に、下調べもせず二人だけで乗り込むなんて、死にに行くようなもんだ」

俺たちも廃坑に行くつもりだが、大男は勘違いをしているらしく、行く手を阻んでいた手を静かに引っ込めた。

「……なあ、ナハト。本当にアンバーを捜しにいくのか？」

ギルドを出ると、アウレールが話しかけてきた。

「そりゃ、現状、一番頼れそうな人だからね」

「ノスタジア公爵の家に直接乗り込むのではダメなのか？」

「アウレールって、実はかなり脳筋だよね……」

「……悪かったな」

アウレールの案もなしではないが、相手は貴族。慎重にならなくてはならない。

上がどれだけ無能だろうと、付き従う騎士の中には高名な人物もいる。

さらに、彼らがどんな事をしているのか、俺たちは全く知らない。

ノスタジア公爵家以外にも関与している貴族がいた場合、俺たちが不利になる可能性が高い。

「うーん、今回は賛同できないかな。極力危険は冒《おか》したくないし、ノスタジア公爵家をただ潰すだけで終わらせる気はないよ。当面は問題ないかもしれないけど、それだと第二、第三のノスタジア公爵家が生まれると思う。だから、二度と悪事ができないように徹底的にやる。その為には、ちゃんと情報を集めなきゃいけない」

落ちこぼれ貴族だった頃、ノスタジア公爵家についての黒い噂は度々聞いていた。

けれど、家の汚点であり、存在自体を忌み嫌われていた俺に大貴族との接点があるわけもない。

俺たちには、信用できる情報がなかった。だからこそ、余計に慎重にならなくちゃいけなかった。

まずは何をするにしても、情報収集は必須だ。

それにしても、何故俺が命を狙われているのか不明だ。シューストンを氷漬けにした後なら分かるが、狙われていたのはそれ以前から。全く、理由が思い当たらない。

「……ナハトの意見も分かるが、あの抜けてるアンバーが役に立つとは思えないんだが」

「それは……まあ、否定できないけど……信用できる人がほとんどいない俺たちにとって、アンバーの存在は大きいよ。きっと何かしら協力してくれるさ」

アンバーとあまり仲がよくなかったアウレールは乗り気ではないようだったが、ここは俺の意見を押し通させてもらう事にした。

「……随分と信頼してるんだな」

「アンバーもアウレールと一緒で、俺の家族や友達が欲しいっていうわがままに、付き合ってくれた人だからね」

信頼する理由なんて、それだけで十分だ。それに俺だけでなくアウレールも狙われている可能性がある。彼女を守る為なら、なんだろうと頼る。何があっても、失いたくないから。

だけど、その言葉は自分の胸の中にしまい込んだ。

「分かった」

俺が笑みを浮かべると、溜息と一緒にそんな言葉が返ってきた。

第二話

『――あたしの出身は、ノスタジア公爵領にある小さな田舎街《いなかまち》でね』

刺客からノスタジア公爵家の名前が挙がった時、真っ先に思い浮かんだのはアンバーのその言葉だった。アンバーとの手紙のやり取りで、彼女が今故郷であるシャネヴァにいる事を知っていたから、俺はアンバーに会いにきたのだった。

何より、別れ際にアンバーが口にしていた言葉が、俺の行動を後押しした。

『困った時は、頼ってくれていい。受けた恩は、ちゃんと返す。それがあたしの信条だから』

その言葉に甘え、まさに俺たちはアンバーを頼ろうとしているわけだ。

シャネヴァから廃坑に向かう道中。

魔物の群れと相対する一人の冒険者の女性と遭遇《そうぐう》した。変異種ではないが、かなりの数だ。

――やっぱり、彼女は面倒事の渦中《かちゅう》にいた。

確信していたが、本当にそうなっていた事に呆《あき》れながら、声を掛ける。

「――相変わらず、その不運さは直ってないんだね。アンバー」

すると、アンバーが一瞬だけこちらに目を向けた。その視線は、燃え尽きた灰より白い、俺の色素の抜けた白髪へ。次に、側にいたアウレールへと移動する。

「えっと……誰？　あんたたち」

「……あっ」

思わず声がもれる。アンバーの記憶の中のナハトは黒髪の少年で、アウレールは男性だったと、今になって思い出した。

あの時のアウレールは、酷い扱いを受けないように、指輪の力で姿を男性に変えていたのだ。アンバーは不審者に出会ってしまったというような表情をしている。

……完全にやらかした。

「あたしの事を知ってるみたいだけれど、生憎《あいにく》、今は記憶を遡《さかのぼ》っている余裕はないの」

俺とアウレールを一瞥《いちべつ》したあと、アンバーは背を向けながらそう呟《つぶや》く。

怪しいヤツだが敵意はない、そう判断したのだろう。

「というか、不運って連呼するのやめてくれる？　昔、あたしの事を散々そう言ってたヤツを思い出すのよ。だから……」

「実際、不運じゃないか。ナハトの屋敷にいた時も、散々面倒事を持ち込んだだろ？　この状況を見る限り、直っていないようだが……」

「なっ――」

アウレールの発言に、アンバーはぎょっとした表情を浮かべる。

その言い方に覚えがあったのだろう。さらにかつて共に生活していたエルフに顔がよく似ている。

そう考えたであろうアンバーは、得物《えもの》を握る力を強めながら、言葉を続けた。

「あんた、アウレールの妹か何かかしら。よく似てるわ。その鬱陶《うっとう》しい物言い、あたしの不運をからかう性格の悪さとかもね」

姉妹と考えるのは普通の事だ。まさか、性別を偽《いつわ》っていたとは思わないだろう。

久方ぶりの再会を喜びたいところだが、今はそれよりも優先すべき事がある。

「色々と説明しなきゃいけない事はあるけれど、ここは手を貸すよアンバー」

「手を貸すって、あんたらそもそも今回の依頼を受けた冒険者じゃないでしょう。というか、あたしは――」

「いいよね？　アウレール」

「既に首を突っ込んでいるんだ……やるしかないだろ」

アンバーの言葉を遮《さえぎ》り、俺が問い掛けると、アウレールはそれはそれは大きな溜息を吐《つ》いた。

「アウレールって、は？　え、嘘《うそ》。アウレール？　それ、本気で言ってんの？」

ちゃんと説明するべきだが、アンバーの言うように今は余裕がない。

アンバーが動揺しているうちに、俺はたった一言、言葉を紡いだ。

「凍れ」

すると氷霧《ひょうむ》が一瞬にして広がり、前方にいた魔物の群れの動きが止まった——否、俺が止めさせた。

「……」

魔物たちは物言わぬ氷像となり、アンバーと残った魔物たちも驚いて動きを止めている。

静寂《せいじゃく》の中、俺は語り始める。

「本気も本気さ。アンバーの運の悪さをいじるのはアウレールくらいでしょ？」

「この女がアウレールだっていうなら、あんたは……ってか、その横にいる魔物も気になるんだけど」

「俺はナハトだよ。今見せた通り、魔法が使えるようになったんだ。白い髪は……まぁ、その副産物といったところかな。こっちの大きな狼はウォルフっていうんだ。懐かれちゃって、今は一緒に行動してる。仲間、みたいなもんかな」

攻撃に特化していないものの、アンバーも魔法使いである。

正直彼女は、そこら辺の魔物であれば、束になって襲われても勝てるくらいには強い。

だから、俺の変化を説明するならば、口で説明するよりも、見せたほうが手っ取り早いだろうと

思って、派手な魔法を使ったのだ。

「なんとか納得してくれたかな？」

アンバーに笑いかけながら、俺は告げる。

「……納得できると思う？　あたしの知ってるナハトは全く魔法が使えなかったわ。どれだけ努力しても、魔法だけは使えなかった」

一緒に暮らしていた頃、魔法が使えるようになりたくて、アンバーには長い間、魔法の練習に付き合ってもらっていた。

だからこそ、安易に信じられなかったのだろう。

「うん。俺も、使えるようになるとは思ってもみなかった。だって、アンバーやアウレールにあれだけ迷惑をかけて手伝ってもらって、それでも無理だった。だから情けないけど、誰かに守ってもらおうとしていたわけだしね」

自分の身を守るため。俺が多くの奴隷を引き取っていた理由の一つだ。

『奴隷狂い』という蔑称《べっしょう》で呼ばれていた俺が奴隷を買う、本当の理由を知っているのは、信じられる人間のみ。アンバーもそのうちの一人だ。彼女の表情が変化した。

「……本物？」

「だから初めから言っているだろうが。私は乗り気じゃなかったんだがな。ナハトが、シャネヴァにアンバーがいるから向かうと言って聞かなかったんだ」

困惑するアンバーにアウレールが話し掛ける。

「一度決めたらテコでも動かないのは相変わらずってことね……分かった。そういう事なら、信じるわ……随分と見た目は変わってるけど、ナハトとアウレールだということは信じる。確かに、言われてみれば面影がある気がする。どうして、シャネヴァ《こんなところ》にいるのかは知らないけど、ひとまず手伝ってもらっていいのかしら？　ナハト」

アンバーが訝《いぶか》しげに尋ねてくる。

彼女の視線の先には、先ほど一撃で始末しきれなかった魔物の姿があった。

アンバーを巻き込まないように注意しながらだったので、加減しすぎてしまった。

でも、アンバーはそれを知らない。

さっきの攻撃が全力で、魔力を使い切ったと考えているのかもしれない。

俺は笑いながら、首肯《しゅこう》した。

「勿論、背中は任せてくれていいよ」

力を得た経緯や今の見た目の理由。アウレールの性別について。

様々な疑問があるだろうに、俺たちの事を信じてくれたのは、ツェネグィア領で過ごした時間が濃密だったからだろう。

それこそ血の繋がりはないけれど、家族とも呼べるほどに。

俺は、アンバーのその信頼に応えるように、もう守られるだけの人間ではないのだと伝えるように、白く染まった息を吐き出しながら、口角を僅《わず》かに上げた。

「凍れ——《氷原世界《ひょうげんせかい》》——」

そう言ったあと、凍えるほどの冷気にあてられて、木の枝に亀裂《きれつ》が走る。

一瞬にして辺り一面、氷の世界に早変わりした。凍っていないのは、俺を除けばアウレールとアンバーとウォルフだけ。

ノスタジア公爵家の領地で痕跡を残したくなかったので、力を抑えた。あくまで魔物の動きを止める程度で、天候が変わるほどではない。

しかし、それでもなお、アンバーはドン引きしているようだった。

極寒の気温にあてられたからか、驚きからか、どちらが原因かは分からないが、絞《しぼ》り出《だ》した声は震えている。

「信じるとは言ったけれど。言ったけれど、これがあのナハトの仕業っていうのは、改めて見ても信じられないわね。魔道具を使ったわけでもない……わね」

彼女は呆気に取られながらも、そう言った。

魔道具では到底、ここまでの威力は出せない。だから自力以外であるはずがないのだ。

「信じられないのも仕方がないよ。アンバーの言う通り、俺に魔法の才能は微塵《みじん》もなかったから」

自分で己の身を守れないから俺は奴隷を買っていたのであって、魔法の才能があったならば、『奴隷狂い』などと呼ばれる事はなかっただろう。

俺には『平凡』な才能すらなかった。正真正銘《しょうしんしょうめい》の、無。ないものは、ない。

その事実がどうしようもない事など、俺が一番分かっていたはずだが……今こうして、力を手に入れた。

「色々とあって……氷の魔法だけは使えるようになったんだ。あんまり面白い話じゃないけど、アンバーが聞きたいなら後で全部話すよ。君は俺の大事な友達だから」

俺のその言葉を聞いて、僅かながら残っていたアンバーの疑心が完全に晴れたようだった。

胸の中で渦巻く感情を全て吐き出すような、大きな溜息の後、割り切った声音で彼女は淡々と話す。

「髪色も違うし、魔法も使えるし……もしナハトを騙《かた》った別の人間だったら、どうしようかと考えたけど、間違いなく本物ね。何があったかは、今は聞かないでおくわ。アウレールの性別が違っているのもまだ違和感があるけど……まあ、助かったわ。もっとも、この程度でくたばる気はさらさらなかったけどね」

アンバーの言葉は決して強がりではない。彼女は紛れもなく、強い冒険者なのだ。

「これ、しばらくしたら溶けるのよね？」

氷像と化した魔物の群れを一瞥して、アンバーは言う。

一時的に仮死状態にしただけなので、彼女の言う通り、ほどなく氷は溶けるだろう。

魔物を殺す必要はどこにもない。

そんな事をすれば、ツェネグィアの奴隷館の事件同様、噂になるだろう。だから、ほどほどに凍らせたつもりだ。

俺たちがここにやって来た理由は、名をあげる為でも金を稼ぐ為でもないのだから。

「溶けるけど、どうして？」

「ああ、よかった。あたしは変異種の依頼を受けたんだけれど、きな臭《くさ》かったから途中で引き返してきたの。色々とよくない感じがするから、派手な行動は控《ひか》えたほうがいいわ」

俺の疑問にアンバーが答える。

「きな臭かった？」

アウレールがアンバーの言葉を復唱する。

アンバーの運の悪さで仲間とはぐれたのかと思っていたが、どうやらそうではないらしい。

魔物の群れも、『よくない感じ』とやらと何か関係があるのだろうか？

「……あの廃坑で、変異種を複数体見たって目撃情報があって、あたしたちはその調査に向かっていたのよ。依頼を受ける前から不自然だとは思ってはいたんだ——けれどその道中である噂を耳にしたの」

「噂っていうと？」

思わずアンバーに尋ねる。

「これは、ある貴族による仕業なんじゃないかって噂よ。変異種を意図して生み出してるんじゃないかってね」

「意図して生み出すってそんなこと……」

そんなバカげた話があるものか。

そう思って、声を大にして言葉を返そうとした俺だったが、言い終わるより先にアンバーが首肯した。

「ええ、そうね。そんな事はあり得ないし、そもそもあってはいけない」

意図的に生み出したとすれば、それは魔物を使った非合法な実験を行っている事になる。

「でも、絶対にあり得ないとは言い切れなくなってしまったの」

「……そう思うわけは？」

確信を持っているような物言いのアンバーに、俺は聞き返す。

すると、アンバーが溜息を吐きながら、奇妙な模様《もよう》の描かれた紙を懐から取り出した。

「これよ」

翼のようにも見える模様は、何かの紋章《もんしょう》だろうか……どこかで見たような気もするが、思い出せない。

一体、俺はこれをどこで見たのだろうか。

「これが、廃坑付近にいた魔物の身体に刻まれてた。彼らは自然に生まれたんじゃないわ。それこそ、誰かが意図的に生み出したとしか考えられない。それもあって引き返してきたの。噂が正しいと思ったし、そうだった場合あたしの手に負える話じゃないから」

アンバーの言う通りならば、人為的に変異種が生み出されている可能性は、極めて高いような気がする。

だが、一体なんのためにそんな事をするのだろうか。

いや、アンバーは貴族による仕業かもしれないと言っていた。

このシャネヴァの近くに領地を持つ貴族は限られている。思わず、眉根を寄せる。

「……それで、関係してるかもしれない貴族の名前は？」

喉の奥にひりつきを覚えながらも、俺は問う。

シャネヴァにやってきた理由が理由なだけに、貴族と言われると反応してしまう。

特別隠す事でもないと思ったのか、アンバーは躊躇《ためら》う様子もなく、話そうとした。

――しかし、名前を聞く事はなかった。

『ドゴォォン！』

彼女の言葉を遮るように、俺たちが来た道とは反対側から、耳をつんざく爆発音が轟《とどろ》いた。

俺たちの意識は、一瞬にしてそちらに移った。

「……おいおい」

思わず、声がもれる。

熱気がここまで届いている。灰が舞い、大きな火が視界に映り込む。

地鳴りのような轟音《ごうおん》のあと、衝撃が数秒遅れて襲い来る。

何があったのかは分からない。

一つハッキリしている事は、今すぐにここから離れるべきという事だけ。

「またお前の運の悪さに巻き込まれるのか……」

「なんでもかんでもあたしのせいにしてんじゃないわよ、アウレールッ!!」

「あ、あの、ちょ、二人とも今はその、そんな事をしてる場合じゃないというか、その」

二人の不機嫌なオーラに気圧《けお》されながらも、必死になだめようとする俺。

緊張感とはほど遠く、アウレールとアンバーは互いへの不満を爆発させた。

「むしろずっとつきまとって、この悪運をあんたに押し付けてやるから！」

アンバーがアウレールを睨《にら》みつけながら言う。
最早子供の喧嘩《けんか》だ。
そして、俺の言葉はちっとも届いていなかった。
どうしてここまで二人の仲は拗《こじ》れているのか。
詳しい理由は知らないけど、相変わらずだなぁ。
最終的にウォルフと協力して二人を物理的に引《ひ》き剥《は》がした。

第三話

「そもそも、不自然って分かっていたのに、どうしてアンバーは依頼を受けたのさ。俺が知る限り、アンバーはそういう性格じゃないでしょ」

俺はアンバーにそう問い掛ける。

基本的に、彼女は面倒臭い事はできる限り遠ざけようとする性格だ。

自分の運のなさを自覚している事もあり、普段は事なかれ主義を貫いている。

ただ、情に厚くお人好しな性格なので、知り合いが困っているところを見て見ぬ振りはできない。

「大方いつものお人好しが発動したんだろう。誰かに頼まれ、どうして受けてしまったんだと後悔しながらも、渋々依頼をこなそうとした。こんなところか?」

「……もしかしてあんた、あたしの事を監視してた?」

「お前が分かりやすいだけだ」

「全部当たってるわよ、くそったれ」

まるで実際に見ていたかのようなアウレールに、アンバーが悪態《あくたい》を吐く。

「はぁぁぁあ」

アンバーは大きな溜息を吐いて、机に突っ伏した。

ウォルフと協力してアウレールとアンバーを引き剥がしたあと、俺たちはひとまずシャネヴァに戻り、食堂にやってきた。

ピーク時を過ぎているからか、閑散《かんさん》としており、喧騒に言葉が遮られる事はない。

独りごちるように呟くアンバーの言葉は、俺とアウレールの耳によく届いた。

「首を突っ込む気はあんまりなかったのよ。ただ、まあ、その、放っておけなかったというか。何度も頼まれたし、その、無視するのは気が引けたというか。流石に、そこまでの人でなしになれなかったというか……」

一度そこで言葉を切り、アンバーはさらに続ける。

「――だってそうでしょう？　『子供たちを助けてくれ』なんて言われたら、断るに断れないじゃない」

「……子、供？」

初めて聞く情報に面くらってしまった。

もしや、あの廃坑に子供がいたのだろうか。

ならば、あの爆発はまずいのでは……そんな事を考える。

しかし、もし子供がいたのならば、アンバーが廃坑に向かう途中で引き返すという決断をするとは思えなかった。アンバーがさらにぽつぽつと語る。

「ナハトたちは知らないでしょうけど、最近立て続けに失踪《しっそう》が起きてるの。それも、子供限定でね」

「……」

アンバーの言葉を聞き、顔が強張る。不快な感情を露骨《ろこつ》に表情に出してしまった。

だが、それだけでは変異種と子供が繋がらない。

言い方からして、いなくなったのは一人、二人ではないのだろう。

「失踪した子供たちの多くが、身寄りのない孤児だった。あたしに助けを求めてきたのは、孤児院の院長。個人的に関わりがあってね」

「……関わり？」

一体どんな関わりがあるのだろうか。

俺が首を傾げると、アンバーは言い辛そうに、溜息を吐きながら答えてくれた。

「あんまり言いたくはないんだけれど、あたしの運の悪さは知ってるでしょ。三日に一回くらい財布を落とすから、稼いだお金は貯め込まずに、使い切ってやろうって思ってるの。でも、意外と使い道がなくて。だから、一年前くらいから余ったお金を全部孤児院に渡してたのよ。昔、少しだけ院長にお世話になったから……」

落とした金を知らない輩《やから》に使われるくらいなら、子供たちにあげてしまったほうがいい。思い切りのよさに少し驚いたが、アンバーのお人好しな性格を考えれば、あり得ない話ではなかった。

「三日に一回ともなると……完全に呪われてるな。ぷぷ」

「だから、言いたくなかったのよ……!!」

笑いを堪え切れない様子のアウレールに、アンバーは声を荒らげる。

二人の喧嘩を大人しく見守っていては日が暮れてしまうので、俺は会話に割り込む。

「でも、どうしてそれと今回の依頼が関係あるんだ?」

「最初は院長に、子供たちは変異種に襲われたのかもしれないから見てきてほしいって言われて渋々依頼を受けたのよ。ただ、ある貴族が絡んでいるって道中で聞いて、恐ろしい考えが頭をよぎったわ」

——ある貴族。

先程アンバーが言い掛けていた、変異種を意図して生み出しているかもしれないという貴族だ。

「そいつは孤児を始めとして、貧しい人たちに手を差し伸べていた善良な貴族……のはずだった。経営難に陥《おちい》った孤児院に金銭的な援助をし、病を患《わずら》った浮浪者には治療の機会を与える。まさに理想的な貴族だったわ」

アンバーの言う事、全てが過去形だ。話し続ける彼女の表情が暗くなる。

「院長が王都に赴《おもむ》いた際に、その貴族が孤児院を訪れていたんだけど、たまたま彼が落とした紙を拾ったの。そこには子供の名前がズラッと書いてあって、その時は特に気にしなかったんだけど……」

「つまり、どういう事なんだ？　早く結論を教えてくれ」

痺れを切らし俺がそう言うと、アンバーは意を決したように口を開いた。

「そこに書いてあった名前、皆ここ最近いなくなった子供たちのものだったのよ。紙を拾ったのは、かなり前の事だったから私もすっかり忘れてた。依頼の道中で彼の名前を聞くまではね。廃坑で現れた変異種と、いなくなった子供たち、どちらもその貴族のせいだとしたら……」

それを聞いて、最悪の事態を想像した。

「もし、あたしの考えている通りだったら、廃坑に子供はいない。もっと見つかりづらくて、監視が行き届く場所に閉じ込めるはず。それもあって、途中で引き返したってわけ」

アンバーの判断は正しい。

あのまま依頼に向かっていたら、爆発に巻き込まれ、ただじゃ済まなかっただろう。

その貴族は限りなく黒に近い気がするが、かなり厄介だ。

表を取り繕《と》《つくろ》って、裏で悪事を働いている人間は狡猾《こうかつ》で、準備に余念がないと相場は決まっている。

間違いなく、万が一の対策はしているだろうし、無策で挑むのは無理がある。

「でもどうしてそんな事になってるのに、子供の事件は噂になっていないんだ？　ギルドでも変異種の話しか聞かなかったし……」

「あまり大きな騒ぎにならないように、わざと身寄りのない子供を選んだんでしょうね。あと、時期が悪かった」

「時期？」

アンバーの言葉に首を傾げる。

「あれだけ大騒ぎになっているから、あんたたちも既に聞いてるでしょう？　シューストン侯爵家の嫡男が半殺しにされた事件」

「……」

「それもあって、孤児院の子供が数人消えた程度じゃ、噂にすらならない。典型的な悪徳貴族が正体不明の誰かに半殺しにされた大事件と比べたら、こっちは面白くもなんともないってわけ。どちらが広まりやすいかなんて火を見るより明らかでしょ……って、二人して何あからさまに目を逸《そ》らしてるのよ」

「いや、その、ねえ？　アウレール」

気まずくなって、アウレールに助けを求める。

まさか、自分の行動が誰かの迷惑になるとは、つゆほども考えなかった。

アウレールも返答に困っているのか、閉口したまま考え込んでいた。

俺たちの表情を見て、何か感じ取ったようで、アンバーが口を開く。

「そういえば、ツェネグィア伯爵家ってシューストン侯爵家と縁戚関係になかったかしら？　ナハトたちがここにいる理由って、もしかしてツェネグィアにいられなく――」

核心に触れそうだったので、アンバーが最後まで言い終わる前に、アウレールが彼女の口を強引に塞《ふさ》いだ。

「――んむっ⁉」

「まあ、そんな感じだ。もっとも、私たちがシャネヴァに来た理由は少し違う。ここに来たのはある貴族の情報を集める為だ。シューストンと関係がある事を誰かに聞かれたら不都合だ。よって、話すな。分かったか？」

かなり強い力で押さえているのか、アンバーは苦しそうな顔で首を縦に振っていた。

「ぷ、はぁっ⁉　あ、あんたあたしを殺す気か⁉」

「殺す気はないから放してやっただろう」

「てか、あんたら何したのよ……？　事情があったんでしょうけど、貴族に手を出せばどうなるかなんて、ナハトが一番知ってるでしょうに……」

「反省してる。でも、後悔はしてないかな。俺はそんなに大人じゃないし、前までの自分じゃない。今は自分で戦えるからね。アウレールを危険に巻き込んじゃってる事については、本当に申し訳なく思ってるよ」

リガルとの戦闘は、完全に俺の事情だった。

何をされても、これまでと同じように無視して、逃げる事もできた。しかし、俺はもう逃げないと決めたのだ。

何より、アウレールを守ると決めた。エルフの里で、クラウスとも約束したから。

「……まぁ、気持ちは分からないでもないけど。あたしもナハトの境遇は知ってるから」

俺が疎《うと》まれていた頃を知るアンバーは、そう言って理解してくれた。

「さっき情報を集める為にシャネヴァに来たって言っていたけど、この地に関係のある貴族って事は、あたしがさっき言ってたのと同一人物なのかしら？」

「……」

アンバーが鋭い質問をして、俺は黙ってしまった。

いつかは事情を言わなくてはいけなかった。

だけど、俺たちが命を狙われていると知れば、彼女はどう思うだろうか。

今、彼女は孤児の事で頭を悩ませているのに、更なる面倒事に巻き込んでしまう事になる。

なんと言えばいいのか悩む。そんな俺の逡巡《しゅんじゅん》を見透かしてか、彼女が口を開いた。

「ウェインライト伯爵《はくしゃく》……それが、件《くだん》の貴族の名前よ。彼はシャネヴァをはじめ、ノスタジア公爵領のいくつかの街を治めているの。公爵家の信頼も厚いわ」

あまりに呆気なく、アンバーは話した。躊躇う様子はなかった。

俺たちを狙っているらしい、ノスタジア公爵ではなかった。

「俺たちが捜している貴族とは違ったよ。けれど、アンバーが困っているのは見過ごせない。俺たちも、ウェインライト伯爵について調べるのを手伝うよ」

「前までとは違うと思ったけど、性格はちっとも変わってないのね。その甘ちゃんなところとか、特にね」

俺が言うと、アンバーは頬を緩めた。そして、彼女の視線が失われた俺の右腕へ移る。

「さっき聞きそびれてたんだけど、それ義手でしょ。手袋で隠しているけど、腕からずっと魔力が出てるわ。あんたがそんな身体になったのも、その捜してるっていう貴族が関係しているのかしら。そんな状況なのに、あたしに協力するなんて、やっぱりあんたはナハトだわ。あたしの事を笑えないくらいお人好しよ。あんたも」

アンバーは半分呆れたように、そう言った。

自分の都合はそっちのけで、友人の手伝いをする。蔑まれ、ろくに愛情を受けずに育った俺にとって、数少ない友人を大切にするのは当たり前の事だ。

その辺の価値観は力を得た今も、全く変わっていない。

人間は独りで生きていけないから、互いに手を取り合っていかなきゃね。

「でも、あたしはそんなナハトが好きよ。変わったところも、変わらざるを得なかったところもあるんでしょうけど。根本が変わってなくて、少し安心したわ。あんたのそういう性格が気に入って、奴隷時代のあたしはナハトに心を開いたんだし」

「……そっか」

アンバーの言葉を聞いて、かつてアウレールに言われた言葉が頭をよぎる。

『ナハトは、優しすぎる。それが、私がお前についてきた理由の一つでもあるんだがな』

ツェネグィア領でリガル・シューストンと奴隷商を殺そうとした時に言われた言葉だ。

ずっと自分のこんな性格を情けないと思っていたけれど、アンバーもアウレールも、俺のそういう部分に親しみやすさを感じて、慕ってくれているのかもしれない。

なんとなく、視線をアウレールに向ける。彼女はなんだか不機嫌そうに、アンバーを見つめていた。

俺がアンバーと喋っている時は、いつもアウレールは不機嫌そうだが、今回は顕著《けんちょ》だ。

「手伝ってくれるお礼といっちゃなんだけど、あたしにできる事ならなんだってするわよ。ナハトには恩義もあるしね」

「じゃあ……」

彼女の言葉に甘え、俺は本来の目的であった『ノスタジア公爵家』について尋ねようとする。

だけど寸前で、とある可能性に思い至った。彼らは狡猾だ。

都合の悪い情報は徹底的に隠され、万一尻尾を掴まれても逃げる準備は万全だろう。

『もしも』の事がないように二重、三重に入念に手回しをしているはずだ。

ウェインライト伯爵の悪事と、ノスタジア公爵家に何か関係はないだろうか？

ノスタジア公爵自らは手を下さず、ウェインライト伯爵を利用しているのだとしたら……

もしバレても、伯爵に全ての責を押しつけて、トカゲの尻尾切りができる。

「……ナハト？」

アウレールが不思議そうに、俺の名前を呼ぶ。

だけど、その声に気が付かないほどに、頭の中では様々な思考が高速で巡っていた。

アンバーを手伝う事は、俺の目的達成の為の手がかりになるのではないか……

もし、仮にウェインライト伯爵の悪事にノスタジア公爵家が関わっていないとしても、さっきアンバーが、伯爵は公爵家に信頼されていると言っていたから、何かしら情報を得る事ができるだろう。

アンバーを手助けする事で、俺の目的も遂行できる。

これ以上ない状況ではないか。

「やっぱりお礼はいらないよ、アンバー。君を手伝う事は、俺にとってもメリットがありそうなんだ」

ニヤリと笑いながら、俺はそう言った。

第二章　伯爵の悲願

第一話

「――まだ、完成せぬのか」

シャネヴァのとある場所で、焦燥《しょうそう》に駆られた老人の声が響く。

そこには魔物が数体牢に入れられており、檻《おり》の向こうから老人たちを見ている。

「す、既に、限りなく完成に近い段階まで進んでおります。ですから……」

「言い訳はいい。儂《わし》は、まだかと聞いておるのだ!!　今はまだ、変異種だと思われて誤魔化せているが、世間にバレるのは時間の問題だ。それまでになんとしても完成させなければ……」

「も、申し訳ございません……!!」

気の弱そうな、老人の部下らしき男が頭を下げる。

「……この、役立たずが……ッ」

老人が勢いよく投げつけた本が、部下の男を直撃し、悶絶《もんぜつ》する声が響き渡った。

◇◆◇◆◇◆

つい数時間前。

ギルドが廃坑の調査に踏み切り、数名の冒険者が廃坑に向かった。

老人――シウバ・ウェインライトは爆破《ああ》するしかなかった。やましい事実を抱えていた為、そうして証拠隠滅《しょうこいんめつ》を図る他なかったのだ。廃坑には実験途中の魔物が数体と一人の子供、様々な資料が残っていた。バレたら身の破滅は確実だ。

「……人体実験を行い、生物兵器を生み出そうとしている。そんな事実が世間に知られたら、儂であろうと処分は免れぬ。如何《いか》に『あの方』の庇護下《ひごか》にあろうともな」

ウェインライトは治めている領地こそ少ないものの、由緒正《ゆいしょただ》しい貴族である。

背後に強大な力を持つ貴族がついており、様々な悪事が隠れているが、早く結果を出さなければ、その貴族には手を切られてしまうだろう。この状況が続けば……老人は焦っていた。

もうあとには引けないところまで来てしまっている。

「魔物を含む、多種族の因子を取り込ませた『魔人《まじん》』の創出……そんな事が本当に可能なのか……」

眉間《みけん》に皺《しわ》を刻みながら、ウェインライトは呟く。

彼らが行っている実験は、『魔人』と呼ばれる生物兵器の創出だった。

様々な種族の因子を組み込ませた人間（兵器）を作り上げるのだ。

この世界において、人体実験は禁忌《きんき》とされている。

ウェインライトは普段、善良な貴族として振る舞い、身寄りのない子供や貧しい人々の為に積極的に活動していた。しかしこれは全て、計画をスムーズに進め、被験者となる子供を誘拐する為のカモフラージュにすぎない。

「じゃが、ここで諦めるわけにもいくまい……全く、あの失敗作がなければ、既に完成しておったろうに」

忌々《いまいま》しげに言葉を吐き捨てるウェインライト。彼は頭の中に一人の少女の姿を思い浮かべていた。

本来ならば、他種族の因子を一つでも取り込めば拒絶反応を起こすが、その少女は複数の因子を取り込んでも、拒絶反応を起こさなかった。そう、特異体質の子供だったのだ。

しかし、いくら洗脳を試みても思い通りにならず、力が強くなるのと比例して、ウェインライトたちに反抗的な態度を示すようになった。

貴重な被験体として残していたものの、おそらく廃坑に残っていたあの少女は爆発に巻き込まれ、既に亡き者となっているだろう。

「しかし、面倒な事になったたな……」

「面倒……ですか」

「あの廃坑には誰も立ち入らないよう、色々と手を打っていたというのに、ああして強行してくるとはな」

立ち上がった部下の男が尋ね、ウェインライトが答える。

必死に隠していたというのに、今回変異種の調査という名目で冒険者が派遣される事になってしまった。その原因はおそらくあの孤児院の院長だろう、とウェインライトは考えていた。

いなくなった子供たちの行方を嗅《か》ぎまわっていた上、あとをつけられ、廃坑に出入りするところを見られてしまったのだ。怪しい行動をしている説明を求められたが、のらりくらりと躱《かわ》してきた。

どうせ何もできまいとたかを括《くく》っていたのだ。しかし、その結果がこれであった。

苛立《いらだ》ちを隠す事なく、老人は表情を歪《ゆが》ませた。

「……全く、忌々しい事この上ない。能のない子供が、儂らの悲願の礎《いしずえ》となれるのじゃ。これ以上ない名誉《めいよ》であろう。手っ取り早い解決策は、皆殺しであるが、儂も鬼ではない。その判断を下すには、時期尚早《じきしょうそう》よな」

『魔人』の研究が終わっていれば、身寄りのない子供たちの命などどうでもよいが、彼らの中から成功作が生まれるかもしれない。他の事に注意を引き付けて、時間を稼げたら一番よいのだが、やはり強引に口を塞ぐしかないか……ウェインライトはそう考えていた。

「何故、『あの方』は『魔人』を欲しているのでしょうか」

部下の男が、おずおずと尋ねる。

『あの方』はウェインライトのさらに上位に位置する貴族で、特に権力争いや、他の領地との戦闘があるわけではない。

『魔人』というリスクが高い戦力を欲するほど、窮地《きゅうち》に追い込まれているわけではなかった。

部下の男が疑問に思うのも無理はなかった。

「そんな事は、儂も知らぬ」

「……え」

思いがけぬ返答に、部下の男が固まる。

ウェインライトは『あの方』の目的には興味がなかった。提示された見返りをもらう事しか、彼の頭にはなかった。

ウェインライト伯爵家は元々、王国の財政を担《にな》う重鎮《じゅうちん》であった。

しかし、ある事件をきっかけにウェインライトはその地位を奪われる事になった。

かつての栄華《えいが》を取り戻す事こそがウェインライトの悲願であり、『あの方』は研究が成功すれば、ウェインライトにその地位を与えると約束したのだ。

さらには、事件を引き起こしたとある貴族家への復讐《ふくしゅう》の機会も……

その二つの見返りの為に、ウェインライトは研究を続け、倫理《りんり》に背く行為さえ、是《ぜ》とした。

「しかし、長い付き合いじゃ。『あの方』については僅かながら理解しておる。それゆえ、ある程度の予想はつくわ」

「というと……？」

部下の男が尋ねる。

「——『あの方』は、『英雄《えいゆう》』になりたいのじゃろうな」

「えい、ゆう？」

部下の男は予想だにしない答えに、ぽかんと口を開いて素《す》っ頓狂《とんきょう》な声をもらした。

「本来であれば、お主なんぞに語る義理などないのじゃが……そう。文字通りの『英雄』よ。『あの方』——『燦星公爵』は『英雄』の血筋ゆえ」

ウェインライトは目を瞑《つむ》り、そう語る。

「年月を経るごとにその血は薄れておる。最早、『英雄』であった頃の『燦星』は見る影もなくなってしまった。それが、『あの方』は許せんのじゃろう。若くして亡くなられた兄君は、『燦星公爵』の片鱗《へんりん》があったから、尚更じゃ……」

国中から羨望《せんぼう》を集めた鮮烈な『英雄』としての『燦星公爵』は最早、遠い昔の存在となってしまった。

だが、昔と今は違う。かつてのような化物じみた強さ——武力は必要ない。血が薄れたからといって、これまで積み上げてきた功績が消えるわけではない。

しかし、過去の『英雄』と、若くして命を落とした兄と、比べられ続けた今代の『燦星公爵』の心は暗く、歪んでいった。

「かつての栄華を取り戻したい気持ちは、儂もよく分かる」

先祖の過去の栄光を追っているのはウェインライトも同じ。故に、その気持ちが分かった。

「『あの方』は『英雄』になる為に、かつての力を得る為に、『魔人』の力を手に入れたいのじゃろう——その先にあるものが何か分かるか？」

欲望に塗《まみ》れた笑みを浮かべ、ウェインライトは告げる。

「その先、ですか……？」

「その先にあるものはな、無論、戦争じゃよ。『英雄』とは戦闘の中でのみ生まれるものゆえ。そして儂らの復讐も、その戦争で行われるのじゃ」

部下の男に答えるウェインライト。瞳の奥に湛《たた》えられた光は、狂気を秘めている。

己の欲望の為に、人死の避けられない戦争を是とする人間が正気なわけがない。

「戦、争ですか……？　しかし戦争など、起こる気配はありませんが……」

「起こらぬのなら、起こせばいい。ただそれだけの事じゃろうが」

そこに、躊躇いは欠片もなかった。

「なんとしても成功させなければならぬ。たかだか、孤児院の人間なぞに邪魔をされてたまるか……!!」

そう言って、ウェインライトは、ぱちん、と指を鳴らした。

するとどこからともなく、黒ずくめの男が現れた。

気配もなく現れたその男に、ウェインライトは話す。

「……手段は一任する。孤児院のあの女を黙らせせい。それと、万が一先の爆発で生き残った冒険者がいたら――迅速に始末せい」

「承知」

それだけ言って、突如として現れた謎の男は姿を再び消した。

第二話

「――全く、何時間拘束すれば気が済むのよ。あのアホギルドマスターめ」

アンバーは食堂をあとにして、ギルドへ報告に向かっていた。

そして彼女が解放された頃には、夕方になっていた。

「……随分長く話してたんだね」

気の毒に思いつつ、俺はそう声をかける。

初めはギルドの前で待っていた俺たちだったが、数十分経っても出てくる気配がなく、街を散策して時間を潰していた。そのほとんどを宿とウォルフの餌《えさ》を探す事に費やしていた為、有意義な時間の使い方ができたのではなかろうか。

「あの爆発で廃坑が崩落して、人が立ち入れなくなってるみたいね。あたし以外の依頼を受けた冒険者は、よくて意識不明の重体。ほとんどが命を落としたみたい。無傷で帰ったのはあたしだけだから、色々聞きたい事があるのは分かるけど、こんな長時間拘束する事ないと思わない？」

アンバーはそう悪態を吐いた。

アホギルドマスターと呼ぶくらいだ。ギルドマスターと彼女は付き合いが長いのかもしれない。

「……まあ、仕方ないといえば仕方がない気もするけど、確かに四時間はやりすぎだよな」

アンバーの意見に同調する。

「でしょう？　でしょう？　本当にそうなのよ。はあ。これだからあのアホギルドマスターは。だからいつまで経ってもアホなのよ。本当にアホ。でもアホだから仕方がないのかしら。いいえ。アホでもアホなりに――」

アンバーの罵倒が勢いを増してきたところで、別の声が割り込んできた。

「アホアホうっせえよ！　さっきから黙って聞いてりゃ好き勝手言いやがってよ。いい加減黙れやこの悪運女がぁぁぁあ!!」

「アホギルドマスター!?」

ギルドから出てきた筋骨隆々《きんこつりゅうりゅう》な男性が、額に青筋を浮かべて近付いてくる。

「これでも遠慮してやったつもりだったんだが、どうやらお前さんは一日中拘束しないと物足りないらしい」

「……」

先程までのアンバーの勢いは、男のその言葉で消沈した。

「こ、今回はこのくらいで勘弁してあげるわ……」

アンバーはなけなしの虚勢を張り、小さい声で言った。

「なんというか、格好悪いな……あそこまで好き放題言っていたのだから、最後までそれを貫けよ」

「うっさいわね！」

アウレールが呟くと、アンバーは光の速さで言い返した。

俺もアウレールと同じ事を思っていたのだが、怒られる気しかしなかったので、黙っておく事にした。

「……んぁ？　お前さんの知り合いか？　ここらじゃ見ない顔だが……珍しい事もあったもんだ」

「……失礼ね。あたしにも知り合いの一人や二人いるわよ。もっとも、誰かと進んで関わろうとは思わないけれど。この二人はただの腐《くさ》れ縁《えん》。それだけよ」

ギルドマスターが俺とアウレールの顔を覗き込んで言う。

自分の不運に巻き込むかもしれないから、アンバーは基本的に誰かと深く関わろうとはしない。

俺にも、最初は心を開いてくれなかった。

アウレールには、お前も巻き込まれてしまえという気持ちがあって、近くにいるような気もするが。喧嘩するほど、仲がいいって言うしね……

「そうだ。話が終わったのに、なんでわざわざこうして出てくる必要があったのかしら」

「んなもん決まってらぁ。お前さんがアホアホ陰口を叩いてる気がして――って、そうじゃねえ。念を押しとこうと思ってよ。お前さん愛想《あいそ》はないが、お人好しだからな。さっきもあれほど言ったが、やっぱり首を突っ込む気がしたんだよ。丁度いい。知り合いのお前さんたちからも、言ってやってくれ。あの依頼にはもう関わるなって」

アンバーの問いにギルドマスターが答える。

先程とは一変して、ギルドマスターの目は真剣だった。

やはりあの依頼は根深くて、闇が深い――貴族の思惑が絡んだものであったのだろうか。

「アンバ――」

「誰が関わるものか。あたしはね、元々面倒事は御免なのよ。そうでなきゃ、廃坑に辿り着く前に逃げ出すわけないでしょう。ほら、さっさと行くわよ。ナハト。アウレール」

俺がアンバーの名前を呼ぼうとした時、被せ気味に彼女が発言する。

強引に手を引かれながら、俺たちはその場をあとにする事になった。

◇◆◇◆◇◆

そして、歩く事十数分。

ギルドが見えなくなるまで、他愛ない話をしながら歩いたところで、不意にアンバーがこちらを振り返った。

「確認だけれど、あんたたち、本当に首を突っ込んでいいの？　アホギルドマスターのあの物言いからして、今回の案件はやっぱり相当やばそうよ」

「冒険者に命の危険はつきものだ。その対価として、少なくない報酬が約束されてるのだからな」

街で買った餌をウォルフにあげながら、アウレールは至極当然というような様子で、アンバーに答える。

「ええ、そうね。でも今回は、貴族が絡んでる。これはもう、ほぼ確定と思っていいわ。ギルドでアホギルドマスターの話を聞いて、確信に変わった」

アンバーの話を聞いて、やはりそうかと思った。

「あの廃坑は数年前から人の立ち入りが禁止されていたらしいんだけど、ウェインライト伯爵が立ち入り禁止を命じたみたい。そして、廃坑で変異種の目撃情報があった」

「そういえば、その情報は誰が……」

考え込んでいるとアンバーが答えてくれた。

「孤児院の院長らしいわ。そして、その時に孤児院の子供が失踪している話をアホギルドマスターにしたみたい。そんなこんなで、まず廃坑の調査が行われる事になった。けれど、結果はこの有様……」

依頼中に爆発が起こり、多くの命が失われる事になってしまった。

「どうやら、ウェインライト伯爵から圧力が掛かって、これ以上の調査は中止らしいわ。でも、おかしいと思わない？」

アンバーは違和感を訴える。

「……確かに、おかしいね。今回の一件で、爆発する何かが廃坑にある事は明白になったんだから、生存者の有無の確認や、未然に事故を防ぐ為にも、改めて調査をしたほうがいい。何か見せたくないものがあるんだろうか……」

考えれば考えるほど、ウェインライト伯爵が怪しく思えてくる。

「ウェインライト伯爵だけで、そんな大掛かりな事をやるとは考えづらいし、最悪、ウェインライト伯爵以上の貴族が関わってる可能性すらある。ナハト、もしかしたらまた貴族に目をつけられる事になるかもしれないわ。折角不遇な状況から抜け出したのに……」

アンバーが心配そうに俺の顔を覗き込む。

確かに一度死にかけ、新たな自分に生まれ変わった事で、一時は解放された。

しかし彼女は分かっていなかった。まだ何も終わってない。敵となり得る人間を全員倒すまでは、真の安寧など手に入らないのだ。俺はその事を、リガルの一件で嫌というほど、思い知らされた。

「それでも俺はやるよ」

「……本当にいいのね？」

余程心配なのか、アンバーが念押しする。

「解決しなきゃいけない事がある。だから俺たちは、シャネヴァに来たんだ」

俺は真っ直ぐにアンバーを見て言った。

「俺たちは過去を清算しにきたんだ。だから、どんな危険があろうと貴族たちに立ち向かうよ。それにアンバーもあれだけギルドマスターに言われたのに、首を突っ込んでるじゃないか」

アンバーが驚いた顔で、こちらを見る。

人の心配ばっかりして、自分の事は考えてなかったのか……

「……あたしは本当はやりたくないわよ。でも子供たちの事とか色々知ってしまったのに、ここで手を引くのは、その……違うと思って」

アンバーはそう言うと、決心したように大きく息を吸い込んだ。

「とりあえず、孤児院の院長に話を聞きにいくわ。一体何を見たのか。彼女が見たものは本当に変異種だったのか……」

そう言いながら歩き出すアンバーに、俺たちはついていった。

院長に話を聞く事にした俺たちは、孤児院へ向かっていた。

街の中を歩いていると、ほどなく教会のような建物が見えてくる。

「ナハトたちは外で待っていてもらえるかしら。失踪の事もあるし、知らない人間が突然訪ねると警戒すると思うから」

俺とアウレールはアンバーの言葉に頷く事にした。

なんだか今日は待ってばかりだなと思ったが、仕方がないと割り切った。

孤児院の中に入って行ったアンバーが数分後、女性と言い合いをしながら出てくる。

「――どういう事よそれ。勘違いだったって、そんなわけないでしょうが……！　じゃあ、失踪した子供はどこにいるのよ？　あたしはウェインライトが失踪した子供の名前リストを落としたのを見たのよ⁉　それでも無関係だって言えるの⁉」

「……何度も言わせないで、アンバー。この件はわたしの勘違いだった。もう貴女《あなた》はこの件に首を突っ込まないで」

修道服に身を包んだ黒髪の女性が、首を振りながら言う。彼女が孤児院の院長なのだろう。

「……それで、本当にあたしが納得すると思ってるの？」

「納得できるできないの話じゃないの。わたしの勘違いだったたって言ってるでしょ。お願いだから、分かってちょうだい。アンバー」

院長の言葉は、懇願《こんがん》に聞こえた。

本心から口にしているのではないとアンバーも理解しているのだろう。

だから強くは言い返せないものの、このまま納得する事もできないようだった。

アンバーは手を震わせ、怒りを必死に抑えている。

事情があるならば何故それを話してくれないのか、何故一方的に突き放すのか。

「……っ」

やがて、埒《らち》があかないと判断したのだろう。ひたすら平行線を辿っていた話を打ち切り、アンバーは院長に背を向け、あからさまに不機嫌な様子で、出ていこうとした。

「アンバー!!」

「今は放っておいて!!」

呼び止めたが、突き放されてしまった。しかし、あの状態で一人にするのはまずいと思って、追い掛けようとする。その時、アウレールが俺を止めた。

「放っておけ、ナハト。今のあいつに何を言っても無駄だ。それに誰にだって頭を冷やしたい時はある」

「……分かった」

納得して視線を孤児院に戻すと、先程までアンバーと言い合っていた女性と目があった。

彼女は俺たちの事をジロジロと観察したあと、遠慮がちに会釈《えしゃく》した。

俺はゆっくりと、彼女に歩み寄る。

俺たちよりもずっと親しいであろうアンバーにすら誤魔化していた。俺たちにそう簡単に事情を教えてくれるとは思わない。故に、まずは当たり障りのない言葉を選ぶ。

「……アンバーが帰ってくるまで、ここにいても構いませんか。シャネヴァには来たばかりで地理に疎くて」

俺の言葉を聞いて、院長が眉間に皺を寄せる。

アンバーは必要以上に人と関わらない人間だ。その性格を知る者ならば、俺たちがアンバーの知り合いを装《よそお》った不審者だと、勘違いしても仕方がない。

「昔、彼女が行き倒れていたところを助けて……それ以来アンバーには、色々と世話になっているんです」

ここで、『俺は奴隷だったアンバーを買った人間だ』などと言おうものならば、拒絶される事は必至であったので、オブラートに包んでそれとなく話す。助けたのは事実だし。

「そうでしたか。ええ、そのくらいでしたら構いませんよ」

院長は険しい表情を緩め、そう言った。そこで、俺は少しだけ迷った。ウェインライトについては聞けそうにないが、『ノスタジア公爵家』の事なら、なんらかの情報が得られるのではないのか。

しかし俺は頭を横に振って、その考えを振り払った。

仮に情報を得られたとしても、いらぬ警戒心を抱く可能性が高い。

その時、半開きになっていた孤児院の扉《とびら》から、二人の子供が顔を覗かせる。

年齢は十歳くらい。よく顔の似た少年少女。双子《ふたご》……だろうか。

そこまで考えたところで、俺は自分が一歩後ずさっていた事に気付いた。

無意識の行動だったので驚く。

「……子供は、苦手でしたか？」

院長が心配する。

「いや、別に苦手というわけじゃ……」

そう言った刹那《せつな》、思い起こしたのはかつての記憶。

脳裏に浮かんだ兄妹の獣人《じゅうじん》の子供たちの顔。憎悪。怒声。殺意。血走った眼。

自分が死にかけたかつての記憶が、一瞬にして頭の中に沸き立つ。しかし、すぐに泡沫《うたかた》のように消えていった。

……どうやら、二人兄妹の子供がトラウマとして俺の中に刻まれているらしい。

勿論、あの獣人の兄妹を恨んでなどいない。

だがトラウマというのは、俺の意思とはお構いなく発動するようだ。

「参ったな……むしろ子供は好きだったはずなんですけどね」

俺は頭を掻《か》きながら言う。

アウレールは、その事を察したのだろう。複雑そうな表情を浮かべていた。

「別に、悪い事ではありません」

院長は慰《なぐさ》めるように、苦笑いしながら言う。

俺が無理をしている事は、彼女が見ても明らかだったのだろう。

「誰しも、好き嫌いはありますから。貴方《あなた》に悪意がない事は分かりますよ」

「……そう言っていただけると、助かります」

院長の言葉にホッとしつつ、そう答える。

事情を知らない彼女には、俺は子供が苦手なのだと見えただろう。思わず後ずさるほど。

孤児院の院長である彼女にとって、それは歓迎できる事ではないはずだが……ひとまず誤魔化せたと思いたい。

「ところで、見たところここは教会のように見えるのだが、本当に孤児院なのか？」

アウレールが気を利かせて、露骨ではあったが話題を逸らしてくれた。

「はい、孤児院で間違いありません。ここは孤児院であり、教会でもあるのです」

院長が答える。確かに、それなら院長が修道服を着ているのにも納得だ。

「ニア神父《しんぷ》――ニア神父とわたしはこの教会で暮らしていたのですが、一人になってしまったのです。先代のここの責任者が亡くなった事で、管理する人間がわたし一人で住むにはあまりに広い。ですから、身寄りのない子供たちの為に開放できないか、と考えたのが始まりです……教会の経営は厳しく、本当に眠るところを貸すだけという感じですが……」

院長は目を伏せて、そう言った。

ここはシャネヴァの中心部から、随分と離れた場所に位置している。

住居もなく、人の気配もほとんどない。金銭も足りなかった。後ろ盾になるような人間もいない。

……ああ、だからか。だから、ウェインライトに狙われたのか。

しかし、子供を狙うならば、スラム街のほうがよりリスクが少ない。なのに、どうして孤児院なのだろうか。

ここも狙われる理由は十分にあるが、もっと都合がよい場所もたくさんあったはずだ。

何かこの孤児院にこだわる理由があるのだろうか……

「アンバーは自分の稼いだお金をわたしたちに寄付してくれました。さらには、無償で子供の面倒を見たり、料理を作ったりもしてくれて……それがどれだけ助けになったか……」

「それなら、どうしてアンバーを突き放したんです？」

ここしかないと思い、俺はあえて踏み込んだ質問をした。

「……」

院長の表情が、途端に厳しくなる。口に出すのを迷っているようだった。

数秒沈黙があったあと、観念したというように、院長が言葉を紡ぐ。

「死んで……ほしくないからです」

その瞬間、俺は全てを察した。

元貴族だから、彼らのやり口の汚さはよく分かっているつもりだ。

おそらく、ウェインライトに脅されたのだろう。彼女に長く話をさせるのは危険だ。

密偵が監視していて、彼女の発言や行動を逐一《ちくいち》報告しているという可能性もある。

俺はどうしても聞きたい事に絞り、再度院長に語りかけた。

「最後に一つだけ質問してもいいですか？　実は、アンバーから子供が失踪したと聞き、俺たちも何か手伝えないかと思っていまして……失踪した子供に共通する特徴なんかがあれば、教えてほしいんですが」

「共通する特徴ですか？　あ、そうだ……全員が病を患っていました」

院長は質問の意図が分からないようだった。

そして、それはアウレールも同様なようで、俺の隣で首を傾げている。

「それだけ聞ければ十分です」

「は、はあ」

院長とアウレールを横目に俺は、高速で頭を回転させていた。

失踪には、その子供たちが患っていた病が関係している。子供であれば誰でもいいというわけではなかったのだ。スラム街で、同じ病にかかっている子供を一から集めるのは、かなりの手間だ。

そう考えると、ここが狙われた事にも合点《がてん》がいく。

……しかし、分からない。どうして、病を患った人間でなくてはならなかったのか。なんの病を患った子供を必要としていたのか。そこが分からない限り、どうしようもなかった。

「……ん？」

顔を上げた時、双子がまだこちらを見ている事に気付く。

視線は一直線にウォルフへと向かっていた。どうやら、ウォルフが気になるらしい。

「こら、中に入っていなさい。この大きなお友達には触れちゃダメよ」

院長が双子の視線に気付き注意する。

「こいつは人馴れしてますから、人を襲ったりはしませんよ」

俺が頭を撫でてやると、ウォルフは気持ちよさそうに目を細めた。

続けて、餌を取り出して与えてやると、無我夢中で食べ始める。

食べ終わると、真っ白な尻尾をぶんぶんと振って、「もっとくれ」とアピールする。

その様子に院長は目を丸くしていた。

隙ありと言わんばかりに、双子の子供がウォルフに向かって駆け出した。

耳を撫で回され、尻尾を掴まれ、好き勝手にされるウォルフであったが、子供の力などたかが知れている。全く気にならない様子で、俺が持っている餌に釘付けになっていた。

「えっと……」

「アンバーが帰ってくるまで、何もしないでここに居座るのはいささか心苦しいと思っていたところです。俺たちにできる事はありませんか？　一応魔法使いですから、このくらいの事はできますよ」

手袋を外し義手を見せながら、氷を生成する。氷は少しずつ砕けていき、大きな花の形になった。

ウォルフに夢中になっていた子供が、目を輝かせて見ている。

アンバーを待っている間、子供たちの世話をするのも悪くない。

そう思った俺は、子供が喜びそうな氷魔法をあれこれ思案するのであった。

第三章　『燦星公爵』の秘密

第一話

アンバーを待つ間、俺たちは子供たちの世話をしたり、院長と他愛ない話をしたりして過ごしていた。

リザ・デュラック。それがこの孤児院の院長である、彼女の名前らしい。

両親は分からず、生まれたばかりの状態で教会の前に捨てられていたところを、ニア神父に拾われたのだとか。それからはずっとこの教会で育ち、自然な流れで修道女になった。

彼女もそれなりに苦労をしてきたんだな……

「――お兄ちゃん下手すぎない？」

「……」

考え事をしていた俺に、辛辣《しんらつ》な言葉が掛けられた。

今俺たちは、氷で何か作ってくれと言われて、色んな氷像を魔法で制作していた。

それに対する感想がこれである。アウレールが作る氷像の完成度がとてつもなく高かったから、俺の評価はどん底もいいところだった。

「こ、こういう細かい作業は苦手なんだ」

俺は苦しまぎれの言い訳を述べる。

この世界ではポピュラーな丸型の魔物——コロンを作っていたつもりが、出来上がったのはよく分からない物体であった。辛うじて丸型にはなっているものの、コロンかと言われれば、俺自身すら首を傾げずにはいられない。

「まあ、ナハトは魔力量で物を言わせる戦闘のほうが向いてるからな」

アウレールが言う。本当に繊細な魔法のコントロールは苦手だ。

でも、アウレールがいるから、そういう細かい作業は彼女にしてもらえばいいか。

そう思ってしまうせいで、あまり上達はしない。

俺の氷魔法が後天的なものである事も関係しているのだろうか？

まぁでも、できないものはできないのだし、向いてないと割り切るしかない。

「なんというか、シェリアお姉ちゃんみたい」

俺の事をボロクソに言った少女が呟く。

他の子供のほとんどは、ウォルフと遊ぶ事を選び、外で追っかけっこをしていた。

最後まで飽きずに俺たちの魔法を見ていたのは、この少女だけだった。

どうも、魔法に興味があるらしい。

「……シェリアお姉ちゃん？」

「うん。三年前までここにいたお姉ちゃん。シェリアお姉ちゃんも魔法が使えたの。でも、すっごく下手で、お兄ちゃんみたいだった」

「……お兄ちゃんみたいは余計だと思うよ」

無邪気な少女の言葉にひっそりダメージを受ける。

「よく孤児院のものを間違えて爆発させて、院長に『魔法の使用禁止！』とか言われてた」

うん。それは確かに、俺みたいだ。

「その子は、独り立ちしたから出ていったのか？」

「んー……それはどうなんだろう」

「どうなんだろうって？」

「シェリアお姉ちゃんはね、病気だったの」

少女の言葉を聞いて、動きが止まった。

何気なく踏み込んだ話題だったが、件の事件と繋がっているのかもしれない。

俺の様子に気が付いていない少女は、お構いなしに言葉を続けた。

「お姉ちゃんは治療しなくちゃいけなくて、王都に行っちゃったんだ。手紙を出してくれるって言ってたのに、全然くれなくて……元気にしてるといいんだけどなあ」

しばらく茫然《ぼうぜん》としていたが、ほどなく我に返る。

「……病気の名前は分かる？」

「ううん。知らない」

少女は首を横に振った。

病気の情報を引き出せる事を期待していなかったと言えば嘘になるが、仕方がないと思った。

そもそも、病名があるのかどうかも怪しいくらいだ。

それが分かれば、子供の失踪の手がかりが掴めるかもと思ったのだが……

「病気だから、魔法を上手に使えないって言ってた」

「病気だから？　……体力的にしんどいって事か」

「ううん。そうじゃないの。身体は元気なんだけど、えっと、魔器《まき》？　ってところが悪いって言ってたと思う」

魔器とは魔力を生み出す身体の臓器だ。俺たちはこの器官で魔力を生み出し、体内の魔力回路で身体の至るところに魔力を巡らせ、魔法を使っているのだ。

魔器の病気なんて聞いた事がないが……俺の頭の中は疑問符でいっぱいだった。

側にいたアウレールの様子をうかがうと、彼女も俺と似たり寄ったりの反応をしていた。

アウレールが少女に尋ねる。

「……その他に、何か言っていなかったか？」

「その他？　えっと、うーん。何か言ってたかなあ……」

考え込む少女。頑張って思い出してくれている彼女を横目に、俺はアウレールに話しかける。

「魔器の病気って……そんなものがあるの？」

「実際に見た事はないが、過去に何かの文献《ぶんけん》で読んだ事があるような……」

かなり稀有《けう》な症例なのだろう。アウレールも半信半疑といった様子だった。

そこで少女が何か思いついたのか、声を上げる。

「嘘じゃないもん！　おじさんが、シェリアお姉ちゃんと同じ病気のお友達を何人も知ってる、って言ってたよ？」

「――は？」

俺たちの会話が聞こえていたのだろう。少女の言葉にまたもやフリーズした。

「怪しいな……」

アウレールも考え込んでいる。少女が嘘を言っている様子はない。

「……ねぇ。そのおじさんっていうのは」

思考にふけっているアウレールに代わって、俺が尋ねる。

「金色のおじさん！　シェリアお姉ちゃんや皆の病気を治してくれる優しいおじさんだよ」

……流石に、名前は分からないか。

何かヒントを得る事ができるかと思ったのだが、八方塞がりだ。

脅されている可能性がある以上、事件に関わる事はリザには聞きづらい。

そんな事を思っていると、何気ない様子で少女は言った。

「あとね、ここで病気になる人って、皆シェリアお姉ちゃんみたいな人だったの」

「シェリアお姉ちゃんみたいな人って？」

気になって少女に尋ねる。

「皆、魔法が使える人だったんだ――」

第二話

「——ようやく帰ってきたか」

アンバーが孤児院へ戻ってきたのは、彼女が出ていってから二時間ほどが経過した時であった。

「遅すぎて、てっきり通り魔にでも出くわして、治療院に運ばれてるのかと思ったぞ」

「流石のあたしも、そんな毎回毎回災難にあうわけないでしょうが……!!」

どことなく楽しんでいるように尋ねたアウレールに、アンバーの怒号が飛んだ。

だが、その怒りはすぐに収まったようだ。

「……色々と確認したい事があったから、戻ってきたのよ」

「確認？」

「えぇ」

俺が尋ねると、アンバーは不貞腐《ふてくさ》れたように頷いて、語ってくれた。

「ただ頭を冷やしにいっただけじゃないわ。ギルドに行ってたのよ。アホギルドマスターにカマをかけてみたら……出るわ出るわ。色んな事情がわんさかと。ウェインライトが絡んでいるのは確定で、廃坑で何やら怪しい研究をしていたようね。言質《げんち》も取ったし、既に知っているなら関係ないでしょって事で、院長に改めて知っている事を教えてもらおうと思ったの」

遅くなった理由は、ギルドに戻っていたかららしい。

「あのアホギルドマスター、なかなか口を割らなかったけれど、過去の恥ずかしい話をバラすわよって脅したら教えてくれたわ。関わるなって、さらに念を押されたけどね……」

アンバーは敵に回さないほうがよさそうだ……

それにしても、やはりウェインライトがこの一連の事件の元凶なのは間違いなさそうだ。

「ところで、ナハトたちは一体何やってんのよ」

氷のオブジェに囲まれている俺たちを見て、アンバーが問い掛ける。

「えっと、これは……ま、魔法の練習だよ！　そ、そうだ！　俺たちも新たな情報を手に入れたんだけど……」

遊んでいた事がバレたら、何か言われるかもしれないと思い、慌てて弁明する。

あれから、俺とアウレールは少女から聞いた事について考えていた。

アウレール曰く、魔器の不調はごく稀との事。

だから、シェリアお姉ちゃんという少女と同じ境遇の人間が、そう何人もいるのはおかしいという結論に至った。

そして、もう一つの情報。病気になった子供が皆、魔法を使えたというものだ。

もし、病気の子が魔法を使えたのではなく、魔法を使える子が意図してその病気にさせられているのだとしたら……

金色のおじさんとやらは正直言ってかなり怪しい。

そいつはウェインライトなのだろうか。

しかし、病を引き起こすカラクリと、何故わざわざ病にかからせて、それを治療するなどと言っていたのか。それが、どうしても分からなかった。

新たな手掛かりは見つからず、そのあとの時間はまた氷魔法を披露していた。

「アンバーはこれからどうするの？」

「どうするもこうするもないでしょ」

苛立ちを隠そうともせず、アンバーは頭を乱暴にがりがりと掻きむしる。

「ここで引き下がって見て見ぬ振りができると思う？　廃坑に『何か』があるのは確実でしょ？　見にいくわよ」

「……だが、あの廃坑には真っ当な方法では出入りできないだろうな。警戒しているだろうし」

アウレールが言う。

それだけでなく、中が崩落している可能性も高い。今向かうのは危険だ。

アンバーの表情が僅かに歪む。

すぐに行動したいというアンバーの気持ちは正直分からなくもない。

しかし、今回はアウレールの言う事が正しい。

「正攻法じゃまず無理だ。捕らわれて口封じの為に殺されるのが関の山だろう」

「……分かってるわよ。そんな事くらい」

悔しさの滲《にじ》んだアンバーの声は掠《かす》れている。

「言ってはみたものの、あたしも廃坑に向かうのは無理だと思ってたわ」

「何かできる事はないのか……」

考え込んでいると、アンバーが耳を疑うような事を口にした。

「ウェインライト伯爵邸に行くのはどうかしら？　絶対あいつの仕業なんだから、半殺しにでもすれば吐くでしょ」

「へ？」

脳筋極まりないアンバーの発言に、俺とアウレールは顔を見合わせる。

こいつ、正気か？

しかし、残念ながら彼女の目は真剣そのものだった。

今にも伯爵邸に向かいそうな勢いのアンバーを、慌てて引き止める。

「ま、待って。待った!! それは考え直したほうがいい!」

「……じゃあ、どうするのよ! ナハトも考えてちょうだい! 何度も言っているけど、この件について、あたしは見て見ぬ振りをする気はないわよ」

「分かってる。俺も解決しなくちゃいけない問題があるし、諦めるような事はしないよ……」

そう言って思案する。

聞き込みをして情報を集めるのは時間がかかるが、家に行くのはもっとまずいだろう。

ならば、危険だとしても残された選択肢は一つしかないのかもしれない。

「なんとかして廃坑に侵入するしかないか……」

俺の答えが予想外だったのか、アンバーは目を丸くしている。

「アウレールは、あくまで『真っ当な手段』では無理って言ったんだよ」

裏を返せば、正面からでなければ廃坑に入れるという事だ。

「心強い仲間が三人もいるんだ。なんとかなるでしょ」

そう言って二人に笑いかけた。突入の方法については、また考えるとして……

「……だったらなんで初めからそう言わなかったのよ」

「えっと、それは……まぁ正直どんな選択肢もめちゃくちゃ危険だから迷ってたというか……ねぇ、アウレール?」

「……私に振るな。はあ。簡単な話だ。不運なヤツがいると、できる事もできなくなるだろ？　だから、ナハトはお前に大人しくしてほしくて口を濁《にご》していたんじゃないのか？」

やれやれといった様子で、アウレールが言う。いや、全然そんな事はないのだが……適当な事を言わないでくれ。また喧嘩になるから……

「どういう事よそれ……!?」

案の定アンバーが激昂《げっこう》してしまった。

アンバーを邪魔者扱いするアウレールと、それに突っかかるアンバーによって、激しい言い合いが繰り広げられていた。そんな光景を横目に、これまでの情報を整理する。

俺の頭の中には、一つの可能性が浮かんでいた。

人目につかない廃坑で行われていた研究と、攫《さら》われた魔法適性のある子供たち。突如現れた変異種――

アンバーが言っていた通り、廃坑付近の変異種が人体実験の賜物《たまもの》なのだとしたら……

もしかすると、ウェインライトは子供たちを使って、非合法な人体実験を行っていたのではないか？

変異種は子供たちで本番をする前の練習で、まだ子供たちには手を出していなければよいのだが……

貴族というのは醜い生き物だ。己の私利私欲を満たす為ならば、倫理から外れるような事でも簡単にやってしまう。

子供たちが既に死んでるかもしれないからアンバーは連れていきたくなかったが、ついてくるなんて言える雰囲気じゃないな。

アンバーは優しい人間だ。俺の想像する最悪の結末が現実だった場合、間違いなく精神を病むだろう。

彼女が自発的に諦めてくれるならそれが一番よかったのだが、そう上手くいかないのが現実である。

そういえば、アンバーは廃坑付近で変異種を見たらしいけど、それは果たして本当にただの変異種だったのだろうか？

聞いてみようかと思ったが、ヒートアップした二人の言い合いに、俺が割り込む余地はなさそうだった。

「……ま、それは後回しにするとして。そろそろ、いい時間だしお暇《いとま》しなきゃだよなぁ」

そう呟きながら、俺は孤児院の庭を見る。

そこには小さな子供を三人も背中に乗せて走るウォルフがいた。

すっかり人気者だなと思いつつ、まんざらでもなさそうなウォルフを見て、思わず笑みが零《こぼ》れる。

「いなくなった子供たち、皆無事だといいんだけど……」

随分と長居してしまったが、ウォルフはリザにも気に入られたらしく、そろそろ帰る事を告げると引き止められた。

「もう少しいればよろしいのに……子供たちが喜ぶから、ぜひまた来てくださいね」

「ええ、勿論」

そうしてリザに別れを告げ、昼間見つけた宿へと戻ろうと思ったところで、ふと思い出した。

「あ」

「？」

「……アンバー。今、あれ出せる？」

アンバーにそう声を掛ける。

急速に喉の渇きを感じた。ずっと引っ掛かりを覚えていた事がある。

アンバーが見せてくれた、廃坑付近にいた魔物に刻まれていたという紋章。

俺はそれに見覚えがあった。

そして別れ際、リザに視線を向けた際、ある事に気が付いたのだ。

彼女の首に下げられているペンダントに刻まれている模様と、魔物に刻まれていた紋章は、どことなく似ている。

「あれって、もしかしてあの紋章のこと？」

「そう。あの紋章とリザさんが首から掛けてるペンダントの模様、似てる気がするのは俺の気のせいかな」

「……待って。今確認するわ」

アンバーが慌てて懐を探る。全く同じというわけではない。

黒幕が実はリザであった……とは思わないが、一体この紋様はなんなのだろうか。

紙を懐から取り出し確認するアンバーをよそに、未だ状況を把握していないリザはペンダントを外しながら口を開く。

「これとよく似ているのなら、それは『聖痕《せいこん》』かもしれませんね。ペンダントはニア神父の遺品で、元々はこの教会に贈《おく》られたものでした」

「……この教会に？　それと、『聖痕』とはなんですか？」

そう尋ねる。聞きなれない言葉だった。

「ここはノスタジア公爵家のすぐ側ですから。教会が建てられた際に、『燦星』の加護がありますようにと、『聖痕』を模した模様を刻んだペンダントが、当時の神父に贈られたのです」

アンバーが広げた紙を、横から覗き込む。

……やはり、似ている。とてもじゃないが、無関係とは思えなかった。

「とはいえ、『聖痕』について知っているのは、今や一部の人間だけでしょうけれど」

ノスタジア公爵の事は知っていたが、俺もアウレールもアンバーも、『聖痕』については何も知らなかった。

「『聖痕』とは、神から与えられた恩寵《おんちょう》のようなものだと……わたしはそう教えていただきました。『聖痕』を身体に持った者は英雄の力を発揮する事ができるのです」

「恩寵、ですか」

「ええ。ですから当時は、『聖痕』を持っている人を、神に選ばれし者と呼んでいたとか。ただわたしは、あまりその呼び方を好んでいません」

「……どうしてですか？」

疑問に思って尋ねる。

恩寵と呼ばれるくらいだ。さぞかし、強大な力なのだろう。大戦の英雄であった当時のノスタジア公爵の力が発揮できるのだから、神に選ばれし者という呼称はぴったりじゃないか。

「……そのせいで、運命を強制させられてしまうからです」

鎮痛な面持ちで、リザはそう告げる。

「初代のノスタジア公爵は『聖痕』に選ばれた人間でした。それ故に、大戦は終結し、彼は『英雄』と呼ばれ『燦星』の名で呼ばれるようになりました。ですが、様々な代償もあります。初代ノスタジア公爵が短命であった事もその一つです」

リザの言葉に納得する。

大きな力には相応の代償がある。それは決しておかしなことではない。

『聖痕』に選ばれたから。たったそれだけで、彼は『英雄』としての道しか選べなくなりました。その次に『聖痕』が発現した人も。その次も、その次の人も……です。ですから、教会の人間として言うべきではありませんが、わたしは、神の恩寵というより『呪い』だと思っています」

リザの話を聞いて、息を呑む。

神父やシスターは神に仕える聖職者である。だからこそ、彼女の発言に驚きを隠せなかった。

リザは悲しみに暮れているように見える。

それは、強制された運命の中で生きた者に対する同情か。憐れみか。あるいは嘆きか。

「そして『聖痕』を悪用する人間も出てくるようになり、ノスタジア公爵家は、いつしか『聖痕』の存在を秘匿するようになりました。『聖痕』を知る人が少ないのは、それが原因です」

大きな力は、そのうちに災難を引き寄せるようになった。

確かにそれではまるで、恩寵というより『呪い』でしかない。

「……なるほど。そうだったんですね」

「ですが、どうしてその紋章を？」

「……」

リザにそう問われ、どう説明したものか悩む。

今の話で、今回の事件にノスタジア公爵が関わっている可能性がかなり高くなった。

馬鹿正直に話したら、彼女が公爵家に対して、何か無鉄砲な行動を起こしてしまうかもしれない。

子供たちに対する彼女の愛情の深さは、たった数時間ここにいただけで、よく分かった。

だから、俺はごまかす事に決めた。

「……少し、気になったんです。でも、俺たちが見た紋章とは、似ているだけで全くの別物でした」

「そう、ですか」

リザは何か言いたげだったが、言いたくない事を察してくれたのだろう。

これ以上は何も聞かれなかった。

そして、俺たちは今度こそ彼女と別れた。

どうして、『聖痕』が魔物に刻まれていたのか。

俺は一体どこであの紋章を見たのか。

疑問が増えてしまい、釈然《しゃくぜん》としなかったが、今は『聖痕』の事は頭の隅に追いやることにした。

廃坑に向かえば、何かヒントが得られるだろう。

既に日は暮れて真っ暗になっており、廃坑には明日の早朝に行く事になった。

早く廃坑に向かったほうがいいと思いつつ、俺は死にかけた時の後遺症《こういしょう》で夜目が利かないから、明日にしたのだ。

宿に到着しベッドに寝転がり、目を瞑る。なんだか盛りだくさんな一日だったな。

気がかりな事はたくさんあるが、明日はかなり危険な調査になるだろうから、早く眠らなければ。

そう思い、俺は意識を手放した。

第三話

アウレールにすら一度として打ち明けた事はなかったが、ずっと、ずっと昔から時折見る夢が、俺にはあった。

それは決して素敵なものではなくて、悪夢であった。

決まって出てくるのは、豪華絢爛《ごうかけんらん》な衣服に身を包んだ笑顔の男。

表情とは裏腹に、彼の声は冷酷だ。

声音と浮かべた笑顔があまりにちぐはぐで、それが堪《たま》らなく気持ち悪くて、怖かった。

でもあくまで夢だから、気にする事はないと、誰にも打ち明けずにいた。

笑っている事と声音が冷たいという事ははっきりと分かるのに、男の顔はぼやけていて、言葉もろくに聞き取れない。

そして、笑顔の男が俺に手を伸ばして——いつも、そこで夢が終わる。

男の手の甲には紋章のような模様が刻まれていた。

夢の中の映像は朧げではっきりとは見えないが、どことなく、昼間孤児院で見た『聖痕』の模様に近い気がする。
見覚えがあったのは、この夢のせいか……？
目が覚めると、シーツに汗がじっとりとついていた。
明日は早く起きなければならないのに。俺は一人ベッドの上で溜息を吐く。
幾度となく見てきた夢。まるで本当に自分が体験した出来事のようにも思える。
でも、それを確かめる術はなかった。
何故なら、俺は幼少期の記憶のほとんどを失っているからだ。
おそらく、俺を邪魔者扱いしている親族から、暴力を振るわれたに違いない。
それで、自己防衛本能が働いて、不都合な記憶を消してしまったか。
もう失われた幼少期の記憶は二度と戻らない。
きっと、それはこれからも変わらないのだろう——

第四章　行く手を阻む強敵

第一話

翌日の早朝。

街を出た俺たちは、廃坑へ向かっていた。

もうすぐ廃坑に到着しそうなところで、俺たちを待ち受けていたのはウェインライトの私兵――ではなく、魔物だった。

これがただの魔物であれば問題はなかったが、俺たちが目にしたのは拘束具のついた魔物だった。

最初は変異種かと思ったが、複数の魔物の特徴を持っており、その姿は歪だ。

極めつけに、拘束具。

人為的に何かされた事は明らかだ。昨日集めた情報を思い出し、ほどなく魔物を用いた実験の被験体だと理解した。

早速魔物を倒そうと、腕を前に突き出した瞬間。

俺は魔物の身体に、またあの紋章が刻まれているのを見つけた。

それと同時に、どくん、と心臓が大きく脈を打った。そして、突如として頭の中に昨日の夢の映像が浮かび上がる。

自分の意思とは無関係に意識が夢の世界に吸い寄せられた。

まるで俺の記憶のように映像は鮮明で、ざらざらというノイズも鳴っている。

そして、一瞬あとには欠片さえも残らず、気が付くと頭の中はクリアになっていた。

「――ッ!! はぁ、はぁ……なんだったんだ今のは……白昼夢《はくちゅうむ》か?」

慌てて周囲を見回す。

目の前の魔物の仕業かと思ったが、アウレールたちに特別変わった変化は見られない。という事は……映像を見たのは、俺だけなのだろうか。

この紋章は、やっぱり俺と何か関係があるのか……?

「どうしたんだ? ……まあ、なんともないならいいが」

アウレールが心配そうに口にする。

動揺している俺が気になっているようだが、あえて深く追及しないでいてくれた。

もっとも、俺本人ですら分からないから話しようがないのだが。

気を取り直して、魔物たちと戦闘を開始する。

「――《雹葬飛雨《ひょうそうひう》》――」

氷の刃が空に浮かび、魔物に向け一直線に飛んでいく。

◇◆◇◆◇◆

「それにしても、本当に氷しか使わないのね」

戦いが終わったあと、アンバーが聞いてきた。

周囲一帯を埋め尽くすほどではないが、あちらこちらに氷が残っている。

木々も至るところが凍ってしまっている。

魔物は見た目の割に大した事なく、アウレールに手伝ってもらうまでもなく、俺一人で倒す事ができた。

「……まあね。でも、一つでも使えるだけ儲けもんだよ」

だから俺は、あっけらかんと肯定した。

「あの――いや、やっぱりいいわ」

アンバーが何か言いかけてやめる。

一体何があったのだと、俺の抱える事情を尋ねたかったのだろう。

彼女の気持ちは分かっていたが、俺はあえて何も言わなかった。

公爵家に喧嘩を売る事に、アンバーを付き合わせるわけにはいかない。

だから、全てを話す気はない。

事情を知ったら、アンバーは放っておけないと分かっているから、話せなかった。

廃坑が見えて来た頃、歩みが止まる。

まるで、脳天から爪先まで電流が走るような感覚だった。

本能がここは危険だと告げている。

突如現れたその気配は身震いするほど気味が悪く、そして俺が知っているものだった。

「……やっぱり、そうか」

思いの外、驚きは少なかった。

このタイミングで現れた事は予想外だったが、彼らが絡んでいる可能性はずっと頭の中にあったのだ。

貴族は、自らの悪事を徹底的に闇に葬《ほうむ》ろうとする。

過剰と言える戦力を注いでも……

辺り一帯に氷を張り巡らせていたから、俺はすぐに気付く事ができた。

まだ敵とはかなりの距離がある。

しかし、本当に目的の大物まで釣れるとはな……面白くなってきた。

ウェインライトの秘密を暴けば、俺をずっと苦しめてきた貴族に手が届くかもしれない。

そう思うと、これから待ち受けているであろう困難も、望むところと思えた。

「どうしたのよ？　急に立ち止まったりして」

何も分かっていないアンバーが、眉根を寄せる。

「ここからは別行動にしよう」

まだ、廃坑にすら辿り着いていないのに、そんな事を言い出した俺に、アンバーは不可解な視線を向ける。

「俺はここに残るから、アンバーとアウレール、ウォルフは先に廃坑に向かってくれ」

「……ナハトは来ないのか？」

「俺は、あとで行くよ。ちょっと、野暮用《やぼよう》ができたんだ」

「だめだ。一人で残るのは危険だ」

アウレールは俺が足止めをしようとしていると理解したのだろう。

「大丈夫。すぐ終わらせるから」

「……」

頑固なのはお互い様だ。

短くない付き合いで、お互いの性格を嫌というほど理解していたからか、アウレールは早々に折れた。

「……行くぞ、悪運持ち。ナハトとは、ここで一旦別れる」

「え、ちょっ、え、え⁉　どういう事⁉　ねえ、ナハト！　っていうかその呼び方やめてよ‼」

ウォルフがアンバーの服を咥《くわ》え、ぽい、と宙に放る。

そして、己の背に乗せて歩き始めた。

彼女たちが去った直後。

「――氷、か」

入れ替わるように、囁くような声が聞こえた。

いつの間にか、敵は目の前まで来ていた。

「ツェネグィアでシューストンの小僧が氷漬けにされた、なんて話を小耳に挟んだ。もしや――貴様の仕業か？」

「……さあて、どうだろうな」

俺はその人物を知っていた。

しかし、勿論顔見知りなどではない。

まだ、ツェネグィアの家にいた頃、貴族たちが集まるパーティーでその姿を見た事があった。

人間のものとは思えない感情のこもっていない目。

彼を見たのは一度だけだが、その恐ろしい表情は鮮明に脳裏に焼き付き、未だに覚えていた。

名前を──リグルッド・ロディカ。

ノスタジア公爵家付きの騎士だ。騎士の等級は最上位で、懐刀《ふところがたな》とも言われている。

あちらからボロを出してくれるなら儲けものだ。

俺はここぞとばかりに煽《あお》ってやる事にした。

囮《おとり》を買って出たからには、できるだけ足止めしなくてはならない。

「ノスタジアの懐刀が、何故こんな場所を一人で歩いてるんだ？　もしかして、廃坑までお散歩か？」

煽っている間に、魔力の準備をする。

出力──最大ッ!!

一瞬にして空気が凍え、足元に氷が広がる。

膨れ上がった魔力で、近くにいた魔物や、廃坑の見張りをしていた人間たちにも気付かれただろう。

だが、アンバーたちと別行動だから、そっちのほうが都合がいい。

「こんな辺鄙《へんぴ》なところに来るなんて、もしかして、早急に処理しないとまずい事があった……

とか」

笑顔でそう言いながら、氷の義手に力を込める。

凍れ——そう思った矢先だった。

「ッ、ぐっ⁉」

目の前に火花が散る。

ロディカが急速に距離を詰め、俺に切りかかってきたのだ。

反射的に創り出した氷の壁を切り裂いて、俺の義手と男の得物がぶつかり、青い火が散った。

剣の向こうに、冷酷な感情のない赤の双眸《そうがん》が見える。

——あの眼だ。

……距離は十メートルほどあったはずだ。なのに、それを刹那でゼロにするなど……人間技ではない。

僅かな動揺すら見せず、ロディカは次の攻撃に移ろうとする。

「……動くな」

そう言って、俺は彼の剣を氷の義手で掴む。

得物同士の衝突とはわけが違う。既に侵蝕《しんしょく》は始まっている。

ロディカだけではない、地面、空気、この世界に存在するもの全て……

膨大な魔力量に物を言わせ、あらゆるものを氷に侵蝕させる。
ロディカは得物から手を離した。
その瞬間、俺はもう一方の手で、ロディカの腕を掴んだ。
「剣は使えないけど、殴り合いなら得意なんだ」
そこで、ロディカの表情に動揺が走る。
魔法使いだと思っていた俺が、素手で攻撃を仕掛けてきたから、驚いたのだろう。
俺は体重や魔力、反動など、全てを乗せた一撃を繰り出した。
魔法を使い、ものの一瞬で別の剣をつくり上げるロディカの技量は、驚くべきものだ。
しかし、一秒遅かった。
「――《狂撃《きょうげき》》――」
容赦ない一撃が、慌てて間に差し込んだ得物ごと、ロディカの腹部に突き刺さる。
骨が折れる感覚。
確かな手応えを感じ、ロディカの体躯は砂煙を上げてはるか先へ吹き飛んだ。
「……できれば、これで終わって欲しいんだけど――まぁ、そうだよな」
希望的観測を口にした瞬間、何もなかったかのように起き上がるロディカ。
……ノスタジア公爵家の一級騎士がこの程度で終わるわけはないわな。

下唇を噛んだ。

さて、ここから、どう戦うか。時間稼ぎに徹するべきか？

そんな事を考えていると、冷たい声がした。

「……全く、妙な偶然もあったものだな」

「偶然？」

こいつは何を言っているんだろうか？

ロディカの目は、遠いどこかを見ている。

一瞬、俺に他の誰かの面影を重ねているのかと思ったが、違うようだ。

「ただ、『廃坑に近付く冒険者どもと、研究の証拠を抹殺《まっさつ》しろ』とだけ命じられたが、『聖痕』の犠牲となった人間と会う事になるなど、妙な偶然もあるものだな。近くで顔を見て気付いた。本当に貴様が生きているとは思わなかったが……ナハト・ツェネグィア」

『聖痕』の犠牲——？

何を言っているんだ？　俺の動揺を誘っているのだろうか。

何故ここで『聖痕』の話が出てくるのだろうか。犠牲とはどういう事だ。

いや、ロディカは余計な事を喋って動揺を誘うようなタイプには見えない。

疑問が頭を渦巻く。

「……言ってる意味が、分からないんだけど」

全く理解できない。

ロディカはまるで俺がその事を知っている前提で話しているが、なんの事なんだ。

もし動揺させる目的で口にしているのなら、それは間違いなく成功している。

現に俺は、苦笑いを貼り付けるのが精一杯だったから。

ただ、一つ分かった事がある。ロディカは廃坑に向かう冒険者を始末する命を受けていたという事だ。

廃坑に何かがあるのは間違いなさそうだ。

回収なり処分なりされる前に、なんとか二人が辿り着いてくれたらいいのだが。

「お前は不思議に思わなかったのか」

「不思議？」

「どうして貴族であるはずの己が、魔法を――使えないのか」

貴族であれば、誰もが使えるはずの魔法。

なのに、俺だけが使えなかった。

だから、俺には居場所がなかった。

「お前は一度も考えなかったのか。自分は魔法が使えないのではなく、魔法を使えないようにされたのではないのかと。そもそも、何故あそこまで親類縁者から嫌われていたのか」

そう言われて、吐き気を覚えた。

その時、夢の中の男の薄気味悪い笑みが頭に浮かぶ。

……ああそうだ。霞《かすみ》がかっている男の顔。そして、差し伸べられた手。

凍り付いた魔物に視線を移し、先程の白昼夢を思い出す。

魔物の紋章と、あの夢で笑う男の手の甲にあったもの、ロディカの着ている服の首元にも刺繍《ししゅう》されているノスタジア公爵家の家紋《かもん》、それらは偶然とは思えないほど酷似していた。

「……随分と、饒舌《じょうぜつ》なんだな」

俺はやっとの思いで、そう言った。

頭の中で、夢の記憶とこれまでの情報が重なる。

急速に喉が渇《かわ》く。

「何、憐《あわ》れに思っただけだ」

「……じゃあ、憐れついでに教えてくれよ。丁度、色々と疑問があったんだ」

魔物に刻まれていた紋章。消えた子供たち。怪しい廃坑。

思い出せない幼少の記憶。ノスタジア公爵家の秘密。ウェインライトとの繋がり。

全てが一つの事実に収束するのだろうという直感はあるが、疑問が次々湧いてくるせいで、収拾がつかない。

だから、一つだけ尋ねる事にした。

「要するに——お前らは、俺の敵って事でいいんだよな」

俺がそう言うと、ロディカは獰猛《どうもう》に笑い、剥き出しになった前歯が光る。

「——味方と言えば信じるのか？」

「信じてほしいなら、もう少し行動に気を付ける事だね。まあ、もう手遅れだけど」

俺は再度魔法を展開した。

ロディカとの会話の最中、ただ話に興《きょう》じていたわけではない。

「とりあえず、邪魔者には退場願おうか——《氷原世界》——」

俺はそう言って、辺りを見回す。

俺の魔力を感じ取り、わんさかと湧いたウェインライトの私兵に、拘束具がついた魔物たち。

それらが一瞬で、凍る。

目に映る光景。その全てが、氷に変わる。

吐く息も、何もかもが凍り付く。

まさしく、《氷原世界》という技名に相応しい。

この男には、リガルの件が俺の仕業だと既にバレているようだし、これくらい派手にやってもいいだろう。

出し惜しみをして、何かを失うのは御免だ。やれる事をやってやる。

「……とてつもない魔力量だな……」

「──氷《これ》だけが取り柄なんだ」

「ふん」

ロディカはまたもや魔法で剣を作り出した。

かと思うと、身を屈め重心を落とす。

「──《魔剣技《まけんぎ》》──」

ロディカがそう言った途端、剣身が妖《あや》しく光る。

見た事もない技だった。

ぞくりと身震いする。

本能的に危機を察知して、俺は迎え撃つという選択肢を捨てた。

「──《閃華《せんか》》──」

またもや、ロディカが技名を唱える。

俺は仰反《のけぞ》るように、回避した。そこまでは、よかった。

しかし次の瞬間、俺の目に映っていた景色が──世界が曲がったのだ。

空気が歪み、やがて氷の世界が、真一文字に斬り裂かれた。

予想を遥かに越える大技だったが、スレスレでなんとか避ける事ができた。

「……はっ！　流石は懐刀で一級騎士だ。出鱈目《でたらめ》にもほどがある……!!」

思わず乾いた笑いが零れる。

こんな人間を、野放しにしていてはいけない。

「でも、出鱈目なヤツの相手は慣れてるんだ!!」

魔法の修業中、俺の師でもあるマクダレーネという化物を間近で見てきた。

故に、格上との戦い方はよく知っている。

左手の五指を動かし、周囲にある氷を操作する。小ぶりな氷塊《ひょうかい》が生まれた。

それらを、宙に浮かせる。

ロディカの意識が氷塊に向いたと同時、凍てつかせたロディカの得物を投げたあと、俺は思い切り大地を蹴り上げ、剣の陰に隠れ肉薄した。

右の手を大きく振りかぶり――

「――《狂獣の氷爪《ヴァナガ》》――」

大気に広がる氷の爪。大きく広がった氷の爪は敵の逃げ道を塞ぐ。

そして、魔力を込めた拳は容赦なくロディカに命中した。

並みの人間ならば確実に死ぬであろう一撃。

ロディカは擦り傷を負っただけで、素早い動きで俺の背後に回った。

「……氷は俺で、俺は氷だ。だから、このテリトリーにいる限り、お前の動きはお見通しなんだよッ!!」

すぐに後ろを振り返り、右の手で《狂撃》を繰り出す。

「まぁ、そう来るだろうな……」

ロディカがそう言った次の瞬間、まるで読んでいたかのように、俺の攻撃は軽々と躱《かわ》され、氷の義手を斬り落とされた。

ロディカの絶望的な強さに、顔が引《ひ》き攣《つ》る。

「成るほど。手袋でよく見えなかったが、氷の義手か……」

「──《雹葬飛雨》──」

新たな魔法を発動しながら、慌てて距離を取る。

斬り落とされた腕を氷で再生し、派手な大技で時間稼ぎをすると見せかけて──

畳み掛けるように追撃してきたロディカに、俺は足元にあった氷塊をぶつけた。

一瞬、隙が生まれる。そして、そのまま《雹葬飛雨》の切っ先をヤツに向けた。

刹那、空に魔法陣が浮かんだ。ロディカの魔法だ。

格上と戦うのに時間稼ぎなどの小細工は通用しない。

マクダレーネとの訓練で嫌というほど叩き込まれた事だ。

「……無駄な事を」

「無駄じゃないさ」

内心焦っていたが、それを顔には出さず、答える。

魔法陣から大きな稲妻が溢れ出て、辺り一面が眩しく光る。

天も裂かんばかりのロディカの一撃に、氷の刃は全て落とされてしまった。

そして、その中の一撃が俺に向かってくる。それをすんでのところで回避する。

――チャンバラにしかならない。

それは、魔法以外にも剣を学ぼうとしてマクダレーネに言われた言葉。

目にも止まらぬ連撃を前に、俺は最低限の対応しかできていない。

致命的ではないが、頬、手、足、脇腹、首、至るところに傷ができていく。

時間にして十数秒。

しかし、一瞬のミスが死に直結するこの場においては、体感にして十数分の攻防に思えた。

氷の魔法を使おうにも、回避に集中しているせいで、コントロールがままならない。

ロディカに俺の攻撃がなかなか当たらない。

先の見えない状況に嫌気がさしながらも、それでも意地で攻撃を続ける。

「——《魔剣技》——」

「また、あれか……ッ」

ロディカが先程の技をまたもや繰り出そうとする。

純粋な剣技ですら達人レベルだというのに、そこに魔法も加わったとんでもない攻撃である。

喰らえばひとたまりもない。

避けようとしたが、一度目に見た時と異なり、剣身に流れ込む魔力量が少ない……？

俺はとっさに足を止めた。

「……フェイクと見破るのか。だが、半端な動きはすべきじゃなかったな」

足を止めたせいで、回避が中途半端になる。

その迷いは、致命的であった。

振りかぶった剣が迫る。

……くそったれが!!

しまったという顔をして、ロディカを睨みつける。

剣が俺の眉間にまで迫った時、空に一本の光の筋がきらめき、それに反応するように、氷の糸が次々と現れ、ロディカに絡み付いた。

冷気が周囲一帯を駆け抜ける。

気温がさらに下がり、ロディカの身体が氷に侵食され始めた。

「――なんてな」

「……は？」

間の抜けたような声。

それは、ロディカの口からもれたものだった。

「この時を待ってた。避ける振りしてずっと機会をうかがってたんだよ」

ヤツがこのエリアに足を踏み入れる、この一瞬をずっと待っていた。

「俺は魔法使いだ。近接戦で勝ち切れると思うほど、驕《おご》ってないさ」

入るのがあと一瞬遅れたら、俺の首が飛んでいた。

その事実を噛みしめ、俺は口角を吊り上げて笑う。

「……初めに、《氷原世界》で全部凍らせたから、視界が一面白くて糸が張ってある事に気が付かなかっただろ？」

攻撃に耐え続けながら、最初に張ったトラップに誘導するという気が遠くなる作業。

しかし罠にかかれば、その効果は絶大だ。

この氷の糸は、ただの糸じゃない。一本一本に膨大な魔力を込めた。

触れれば、一瞬で凍り付く。

綺麗《きれい》な勝ち方とは言えないが、格上の相手だったのだ。

この結果は上出来だろう。

「勝負ありだ。リグルッド・ロディカ――」

俺は既に顔以外の全てが凍り付いているロディカを見据え、そう言い放った。

第二話

「……」

真一文字に引き結んでいるロディカの唇。

その表情に余裕があるように見えるのは、俺の気のせいだろうか。

氷の糸だけでなく、念の為《雹葬飛雨》も発動し、氷の刃をロディカに向ける。

これ以上なく追い詰めている状況のはず。

だから、大丈夫。大丈夫だ。

自分自身にそう言い聞かせて、俺はロディカを観察する。

彼への主家《しゅけ》の信頼は絶大で、これだけの武力を有している。

おそらく、いや間違いなく、それ故に後ろ暗い事をさせられているはずだと俺は考え、ロディカに問い掛ける事にした。

「……ノスタジア公爵は、なんでアウレール——エルフの里の少女を奴隷商に売りつけた」

聞いたのは失踪した子供の事でも、ウェインライトの事でもない。

俺の過去についてでもない。

俺が選んだのは、アウレールだ。

彼女は自分が奴隷になった原因を、ノスタジア公爵が作ったと言っていた。

それは果たして本当なのか。もし理由があって奴隷にされたのならば、今後彼女が命を狙われる事はあるのか。

まずそれを知りたかった。

「――」

彼にとって、それは予想外の問い掛けだったのだろう。

ほんの僅かな変化であったが、ロディカの顔に動揺が走った。

やがてそれは、驚愕から喜びに変わった。

「……なるほど。お前、あのできそこないのエルフに随分と肩入れしているようだな」

そう言って、ロディカは声を上げて笑った。

真面目に答える気はないのだろう。

しかし彼のその反応で、アウレールにもノスタジア公爵家が絡んでいる事は明白になった。

それさえ分かれば、もうどうでもよかった。

「用済みだ」

口を割るまで拷問するなどという、浅ましい事はしない。

アウレールを傷つけたヤツには報いを与える。もう二度と、そんな事ができないように徹底的に叩きのめす。ただそれだけだ。

俺の命を狙った事や、ウェインライトの事もあるし、ノスタジア公爵家は必ずぶっ潰す。

自分の目標がはっきりしたら、あとは行動するだけだ。

「──《氷華の咎《グラキエスタ》》──」

そう唱えた瞬間、花が咲く。時期外れの満開の氷華が。

氷の種が、魔物や魔力を持つ人間に付着するや否や、次々と花を咲かせてゆく。

宿主の魔力を吸って成長する、美しくも残酷な氷の花。

一度咲いたら、もう術者である俺にも止められない。

身動きの取れないロディカに、この状況を打開する術はなかった。

ここで氷漬けにしたら、ノスタジア公爵の懐刀が倒された事がウェインライト伯爵とノスタジア公爵に伝わるだろう。

ノスタジア公爵は難しくとも、ウェインライト伯爵くらいは焦ってボロを出してくれるといいんだけど……

ウェインライト伯爵がノスタジア公爵に不信感を募らせ仲間割れしてくれれば、漁夫《ぎょふ》の利《り》を得られる可能性が高くなる。

そんな事を考えていると、声が聞こえた。

あまりに冷静な、ロディカの声だった。

まだ話せたのか、大したタフさだな。

「……しかし、凄まじいな。ナハト・ツェネグィア。まさか、魔力回路を潰された人間が、ここまでの使い手になるとは。いや、これは当然の帰結なのか」

「――潰された？　動揺を誘って命乞いするつもりなら諦めたほうがいい。《氷華の咎》はもう俺の手を離れてるから」

「これはただの独り言だ」

ロディカの言い回しが引っかかる。

潰された？　俺は生まれつき魔法が使えなかったのではなかったか？

「どうせ、もうじき尽きる命だ。気兼ねなく聞くがいい。そもそも、既に主人への忠誠心も、野望もなかった」

「……」

そう話すロディカが、怪しくないと言えば嘘になる。

何を企んでいるのだろう。時間稼ぎか？

アウレールたちのように、廃坑には別の人員が向かっているのだろうか。

まぁアウレールとアンバー、ウォルフはかなりの腕利きだ。

そこらの私兵なぞに負けるタマじゃない。

しかし不敵に、自虐めいた様子で微笑むロディカに、妙に胸がざわつく。

ロディカへの違和感と、自分の過去への興味が、俺の足を引き留める。

「『燦星公爵』とは、かつての大戦で名を上げた『英雄』に捧げられた勲章。そして、その『英雄』が有していた特別な力こそが、『聖痕』だ。それを知るのは王国の中でも限られた人間のみ……現在、『英雄』の血は薄れ、既にそれは過去の遺物になりつつある」

俺を無視して、ロディカはベラベラと語り始めた。

『聖痕』……リザも似たような事を言っていた。

確実に、氷華はその数を増やし、ロディカはかなり消耗している。

ここまでして、俺を引き止めたい理由はなんだ？

この状況をひっくり返す秘策でもあるのだろうか。

そんな事を考えながら、ロディカの発言を自分の中で咀嚼《そしゃく》する。

——王国の剣。

『燦星公爵』であるノスタジア公爵家が、そう呼ばれていたのは、この国の貴族の間では有名な話だ。

だが、ロディカの言う通り、それがかつての栄光になっているのも事実であった。

「現当主の兄は、かつての『燦星』を思わせる才覚を持っていた。だが、病によって早逝《そうせい》し、家督は現当主に渡った。周囲はそれはそれは落胆した。何せ、生き残ったのは、ごく平凡な子供だったのだから」

その話が俺とどう関係するのか。さっぱり理解できなかった。

だから、背を向けようとした。

「現当主は躍起《やっき》になった。彼の目的とは、かつての『燦星』になる事、それだけだった。兄への期待がそのまま、現当主への落胆に変わったのだから、『英雄』の過去にこだわるのは必然だ。その為ならば、手段は選ばない。かつての『燦星公爵』が持っていた『聖痕』の力を持つ貴族の少年から、その力を奪う事も。そして人体実験を重ね、非人道的な生物兵器を作りだす事も。彼にとっては夢を実現する為の方法の一つに過ぎないのだ」

あえてそれを俺に話すという事は、その『貴族の少年』とやらが俺だとでも言いたいのだろうか。

……馬鹿馬鹿しい。

しかし、ロディカの発言が全くの虚言とは思えなかった。

様々な感情が渦巻き、表情が歪む。

「現当主の兄が逝去《せいきょ》した翌年に、『聖痕』の力を持って生まれた少年。兄と比べられ、落胆されてきた現当主に、その少年はどう映ったと思う……おそらく家族どころか親族も殺したいほどに恨んだ事だろう。命を惜しんだ少年の親族は、少年を現当主に引き渡し、『聖痕』の力を失ったあとも、徹底的に蔑んだ。全ては、自分たちに矛先が向くのを回避する為……」

ロディカの話は、俺の境遇に酷似《こくじ》していた。

夢に出てきた笑う男。

彼の手の甲には、ノスタジア公爵家の紋章があった。

あの男がノスタジア公爵で、思い出せなかった記憶の一部なのか？

こいつの言う事が本当なのだとすれば、『聖痕』さえなければ俺は平凡な人生を送れていたかもしれない。

しかし、『たられば』の自問自答には既に答えが出ている。

これまで何度も何度も、『魔法が使えたら』『優しい家族のもとに生まれていれば』と自分に問い掛けてきたのだ。

そして、その結果、もう俺は過去を振り返らないと決めたんだ。

「――で。それが何かな」

驚きはしたが、怒りに我を忘れる事もなければ、取り乱す事もなかった。

「正直、今はもうどうでもいい」

俺は今の環境が好きだ。アウレールが側にいて、俺には彼女を守れるだけの力がある。

それならば、過去何があったかに固執するより、全力で俺たちの前に立ち塞がる敵を倒したほうがいい。

「昔の記憶は朧《おぼろ》げだ。身体だって傷だらけで、右腕もない」

見せびらかすように晒す。確かに、壮絶な人生だったと思う。

親族には散々殺されかけて、居場所なんてどこにもない。色んなものに裏切られた。

「ただ、今俺は一人じゃない。それは途方もないくらい大きな希望だ」

俺の事に関してはもう不思議と怒りは湧いてこない。

アウレールの件については、多分どれだけ時間が経っても許せないだろう。

長々と話すうちに、ロディカの呼吸はかなり弱くなっていた。

彼の魔力を栄養にして、周囲に華が咲き乱れる。

意図しない展開だったが、色んな事を知る事ができた。

真偽のほどはともかく、ウェインライトとノスタジアの繋がりは確定だ。

廃坑に行けば、さっきロディカが言っていた事の証拠も見つかるだろう。

そんな事を考えていると、死の間際、ロディカが不気味に微笑んだ。

同時にもの凄い爆発音がして、大地が揺らいだ。

「……は」

音は、遠い。

嫌な予感がする……

「――現当主は、少年から得た『聖痕』を己に宿す方法を模索する為、ある貴族と手を結んだ。その貴族はかつての地位を取り戻す為、献身的に現当主に尽くした。しかし残念だ。あんな下手を打ったばかりに、彼らは全ての責を負う事になったのだから」

「やられた……!!」

ある貴族というのは、ウェインライトで間違いないだろう。

彼が口止めの為、殺されるのだろうか。

ここで時間を稼いだのは、爆発の事を気取られるのを防ぐ為。

ノスタジア公爵家は、ウェインライトを切り捨てる判断を下した。

ロディカには廃坑、他の手下にはウェインライトの始末を命じていたのであろう。

ウェインライトに色々な責任を押し付け、自分たちは逃げおおせようって事か。死人に口なしとは、まさにこの事だな。

ああ、実に貴族らしい行為だ……!!

俺はすぐにその場を離れる事にした。

向かうべきは、ウェインライトのもとか……

……いや、あれだけの爆音。

ウェインライトが生きている可能性は、あまりに低い。

今は廃坑に残っているかもしれない手がかりを確保すべきだ。

廃坑は目と鼻の先。猛スピードで走る。

廃坑の入り口は、崩れ落ちて中に入る事は不可能になっていた。その側にウォルフが立っていた。

「……もしかして、俺を待っててくれたの？」

「ガウッ」

息を整えながら問うと、ウォルフはそれを肯定し、背を向けて歩き出す。

どこに行くのだろうか。

そう思いつつもあとを追いかけると、少し離れた場所に氷で固められた小さな入り口があった。

どうやら、アウレールたちはここから入ったらしい。それを伝える為に、ウォルフを残してくれたのだろう。

「ありがとう、ウォルフ。助かった」

頭を撫でてやると、ウォルフは気持ちよさそうに目を細める。

まずはアウレールたちと合流しなくては。

俺は廃坑へ足を踏み入れようとする。でも、何故かウォルフがそれを嫌がった。

ウォルフは鼻が利く。

もしかすると、血や火薬の臭いがするのかもしれない。気が進まないのも理解できる。

「……大丈夫。きっと、大丈夫だよ」

根拠のない慰め。俺には、このくらいしかできなかった。

アウレールとアンバーが無事である事を祈りながら前を向く。

「フンッ」

ウォルフは同意するように小さく鼻を鳴らして、踏み出してくれた。

まだ生きているかもしれない子供たちを助ける為にも、この廃坑にある手がかりを手に入れる必要がある。

迷っている場合じゃない。前に進まなければならない。

そうして俺たちは、崩れた廃坑へ足を踏み入れたのだった。

第五章　罠だらけの廃坑

第一話

「……おいおい、嘘だろ」

廃坑へ足を踏み入れ、ある程度開けたところまで辿り着くと、俺は目を剥いた。

そこには、廃坑にあるまじきトラップの魔法陣が緻密《ちみつ》に敷き詰められていた。

侵入者は一人として許さないと言わんばかりだ。

そして、爆発を引き起こしたであろう魔法陣の残骸もある。

まだ機能しているものも多く、これはかなり危険だ。

「これは、俺一人だったら一発アウトだったかもな」

しかし――

「……この道は一部解除されてる……アンバーかな」

奥に進める道がある。

アンバーはこういった戦闘用ではない魔法の扱いが特に上手い。

知識が足りない為、これらの魔法陣が発動すると何が起こるのか想像もつかないが、どうせろくなものではないだろう。再び爆発なんて事も起こり得る。

アンバーたちに感謝しつつも、一抹《いちまつ》の不安を抱く。

二人が言い合いをしている姿が頭に浮かんだのだ。

だが、時間は限られている。考え事をしている場合じゃなかった。

今は、一刻も早く合流する事が先決……

——カチッ。

「……カチ？」

嫌な音がして、振り返る。そこには、何もなかった。

前にはウォルフの姿。

何もおかしなところはない。

では、さっきの音は一体——

そう考えたところで、俺は視線をウォルフの足下に移した。そこには、敷き詰められたトラップに重なる、ふかふかした右足があった。

俺は何事もなかったかのように視線を目の前に戻す。

トラップの解除はされているが、あくまでそれは人が二人通れる程度の幅でしかない。

時間がなかったのだろう。急いでいたのだろう。

それは分かる。

分かるのだが……アンバー、ウォルフは君が思っているよりもずっと大きいんだ……

「……」

「……??」

再びウォルフに視線を戻し、見つめ合う。

何も分かっていないウォルフは、無垢な瞳でこちらを見ながら、首を傾げていた。

うん。これはどう考えても、すぐに気付かなかった俺が悪い。

——ドドドッ!!

ほどなくして、期待通りの轟音が聞こてきた。何かが迫りくる音だ。

続け様に、発光を始めるいくつかの魔法陣。どこからどう見てもヤバい。

しかし、しかしである。

「……ば、爆発みたいなトラップじゃなければ、こんなもの!!」

構える間もなく、ドカーン!　と爆発したらどうしようもないが、それ以外のトラップであれば、
何かが起こる前に凍らせればそれで終わりだ。

手のひらを音のするほうへ向けて集中する。

――からの、魔力放出だ!!

ぱきり、ぱきり、と音を立てて氷の壁が出来上がる。そして、それと同時に辺り一帯を氷が侵蝕し始めた。

ん？　なんか別のトラップが発動した……？

もしかして俺やらかした……？

「……あ。やっばッ!?」

全て凍らせたら、トラップだろうと関係ない。

そう考えていたけど、これだけの魔法陣を描ける頭脳明晰《ずのうめいせき》な人間だ。よくよく考えたら魔法対策をしていないわけがない。

だが、それを悟ったのは全てが手遅れになってからだった。

俺の考えなしの行為によって、二つ目、三つ目と次々にトラップが発動する。

「っ、ぶねえッ!?」

どこからともなく現れ、迫る鉄球。

勢いのついた人間大の鉄球など、直撃すれば全身複雑骨折待ったなしである。

トラップを紙一重で回避できた事に胸を撫で下ろしたのも束の間、そんな俺に息をつく間も与えず、後ろから濁流《だくりゅう》のような音が聞こえる。

かと思えば、頭上から降り注ぐ無数の針。

濁流と針は、俺に辿り着く前に凍らせ事なきを得た。

「こ、こはカラクリ屋敷かよ……ッ！」

ここは廃坑なんかではない。廃坑の見た目をしたカラクリ屋敷である。

「……そういえば、ウェインライトは錬金術師の一族だったか」

貴族を全員敵だと思っていた俺は、かつて王国の貴族の情報をほぼ全て頭に叩きこんでいた。まさかこんなところで、その知識を発揮する事になるとは思わなかったが……

錬金術師はイメージ通り、戦闘向きではなく、常日頃から本を読み、魔法の研究をしている人間が大半だ。

真っ向から戦えるタイプではないから、細心の注意と備えをする。

それならもう、俺にできる事は一つしかない。

「……逃げるよ、ウォルフ」

これ以上悪化する前に、とにかく逃げる。

それが俺の出した最善策だ。

そして、一歩踏み出した瞬間。

気持ちの悪い浮遊感。ゆ、床が、抜けた……

その事実を認識し、さあっと血の気が引いた。

かくして、重力に従いそのまま落下する。

「っ、まぁ、そう、なるよねえええッ!!」

下を覗くと、闇がひたすら続いている。

どこまで続いているのかは分からないが、このまま落下すればひとたまりもないだろう。

「くそッ」

俺は魔法を発動した。

仕掛けが発動する云々《うんぬん》などと言っている場合じゃない。

氷の槍《やり》を生成する。

人が振り回すにはあまりにも長いそれを、壁がある事を祈って振り回す。

硬いものに刺さった感触が手に伝わる。

「ヨシッ!!」

壁にめり込むように、力を込める。

――ガリガリッ……ガッ……ガガッ。

「ウォルフ!」

壁に突き刺した槍でどうにか勢いを殺しながら、ゆっくり落下を続け、俺は叫ぶ。

しかし、俺の心配は杞憂《きゆう》だったようで、ウォルフは壁の側面から飛び出している岩を足場にして、走るように下りてゆく。

俺は目を丸くしていた。

「……器用なもんだね。ああ、でもウォルフ！　少し待って！」

下に何があるか分からない。もしかすると、剣山とかがあるかもしれない。

何があってもすぐに対応できるように備えておくべきだ。

俺は再度、魔法を発動する。

しかし、それを邪魔するように、頭上から鉄球などが降り注ぐ。

「くそったれが」

凍らせて。凍らせて。凍らせる。

だが、際限なく降り注ぐ障害物のせいで、下へ意識を向けられない。

どうしたものかと思案していると、大きな衝突音が響いた。

悲鳴のようなウォルフの声まで聞こえてくる。

「ウォルフ!?」

……だから、止めたのに！

そう思いながら、無事である事を祈りつつ、落下のスピードを上げて慌てて下りる。

予想していたような剣山はなく、ウォルフは先に落ちていた鉄球に、運悪く頭をぶつけてしまったようであった。

毛に隠れて分かりづらいが、たんこぶができている。

「クゥン」

ウォルフは喉を鳴らしてしょんぼりしている。

「……びっくりさせるなよ」

苦笑いをしながら、俺はウォルフに声をかける。

厚い氷を作り、壁に引っ掛かるように配置したので、障害物の落下の心配はもうない。

だが、今度は頭上が塞がれ、下に向かうしかなくなっていた。

そしてここは魔法陣の明かりも陽の光も届かず暗い。

目が見えない……

壁に手をついた時、出っ張っていたものがカチッと沈んだ。

その瞬間、いくつかの岩が輝き、坑道内を明るく照らす。

これも仕掛けなのだろうか。

暗いところでは目が見えないから、助かった……

「それにしても、廃坑の下にこんな場所があるなんて……どうやって戻ればいいんだ？　というか、なんか変な感触が――」

足下の感触が地面とは異なる事に気が付いて、視線を下へやる。

薄暗いせいで分かりにくかったが――それは、何かの肉片であった。

「――ッ」

慌てて飛び退く。

まさか……

嫌な予感が脳裏を過《よぎ》ったが、色味から魔物の肉片である事が分かる。

だとしても気分のいいものではない。異臭もする。

昨日、今日のものではないだろう。ここは一体、なんの為の場所なのだろうか。

気になって周囲を見回す。

暗闇でよく見えなかったが、明るくなった事で光景が鮮明になった。

堆《うずたか》く積もった瓦礫《がれき》に埋もれているが、そこには確かに牢《ろう》のようなものが複数ある。

加えて、血痕。檻《おり》が食い破られたような跡もある。

変形した檻から、何かが逃げ出した事を容易に察する事ができた。

ここいたのは道中で見た、あの拘束具を引っ提げていた魔物たちだろう。

「……ここにも、紋章が」

警戒しながら、歩み寄る。

そこには、魔物たちの身体に刻まれていた紋章が描かれていた。

ノスタジア公爵の家紋と似ている気がする。これは『聖痕』なのだろうか？

「見る限り、ここにはもう何もなさそうか」

牢の中は軒並み、空。

様々な箇所が崩れ落ちており、全てが瓦礫に埋まっていない廃坑の状況は、最早奇跡といってもよかった。

「子供たちの手掛かりを、一つくらいは見つけたい……んだけど」

見渡す限り、瓦礫だらけだ。

それらを全てどかして探していたら、途方もない時間を要するだろう。

ロディカが長時間帰ってこなければ、他の人間を向かわせる可能性は極めて高い。

証拠隠滅の為に壊され、ここで生き埋めになるかもしれない。

あまり長居はできない。

「よし、移動するか」

その前に、外に出た時にノスタジア公爵家の家紋と見比べる為、この紋章を記憶しておこう。

そう思って俺は紋章に触れようとした。

——キィン。

触れた瞬間、頭の中で甲高い音が響いた。

思わず、顔を顰《しか》める。

「なんだこれ!?」

その音は断続的に響き渡り、堪らず手で頭を押さえる。

まさかここに落とされた時のように、また別の仕掛けが発動したのだろうか。

そう思って魔法で守りを固めようとした時……

『——痛いよ』

「な、ん」

不意に、どくん、と心臓が脈を打ち、頭に直接声が響く。

……誰の声だ。

『——辛いよ。嫌だよ。もう、やめてよ。死にたい。生きていたくない。怒らないで。殴らないで。傷付けないで。やめて。やめてやめてやめてやめてやめてやめて。痛いよ。痛いよ痛いよ痛いよ痛いよ痛いよ痛いよ痛いよ——いたいよ』

辛うじて、それが少女の声であると認識できた。

呪詛《じゅそ》のようなそれは、負の感情がこれ以上なく込められている。

その声を聞いているうちに、俺はどうしようもなく死を意識した。

これは警告だ。

今すぐここから逃げろと、本能がサインを発している。

俺はこの場に留まるべきでないと判断した。

しかし、数秒遅かった。

『貴方たちも、わたしを虐《いじ》めにきたの？』

瓦礫の山から何かが飛び出し、俺の頬を掠める。

反射的に首を傾けなければ、今頃俺の頭は胴体から離れ、その辺りに転がっていた事だろう。

頬からツーッと垂れる血の感触で生を確かめながら、俺は苦笑いを浮かべた。

アンバーの『廃坑に子供はいない』という言葉を思い出す。

「……確かに、人間の子供はいないね」

憎悪に満ちた少女の声は、人間のものというより、魔物のそれに近い。

先の一撃も、人間の少女が出せる力を優に凌駕《りょうが》している。

まだその姿を見てはいないが、これを人間とは思いたくない。

「ウェインライトのヤツら、こんなのを抱え込んでやがったのかよ……！」

証拠隠滅というか、こいつの制御ができないから諦めて全て爆発させただけなのでは……？

「……それに、この惨状。多分ここが実験室だったんだろう。とことん腐ってやがるな。何はともあれ、戦意がないからといって見逃してくれそうな相手……でもないよな」

瓦礫の奥から、魔物の身体の一部のような、得体の知れない何かが姿を覗かせ、蠢《うごめ》いている。

毒々しいそれは、触手のように見えた。

「下がってて、ウォルフ」

得体の知れない物体に敵意を向けるウォルフを、ひとまず下がらせる。

「……まずは、本体がどうなってるのかを見ない事には始まらないよな」

蠢く触手は少しずつ数を増やしており、一方で大きな魔法陣が床に浮かんだ。

そして転がっている魔物の肉片が魔法陣に呑み込まれてゆく。

すると、魔物は命を吹き込まれたようにもう一度立ち上がり、俺のほうにぞろぞろと向かってきた。

赤い瞳の魔物——亡霊種《アンデッド》だ。

正体不明の触手に大量の亡霊種。

本来ならば、全てを凍らせるべきだ。

触手は化け物じみた力で、轟音を響かせながら周囲の壁や地面をいとも容易く壊していく。

あれをまともに食らえばひとたまりもないだろう。

さっさと殺すべきなのは分かってる。

でも、本当にそれでいいのか？

頭にこびりつく、少女の慟哭《どうこく》。

「……やれるだけ、やってみるか」

あの声を、俺は無視する事なんてできなかった。

不条理に晒されて、虐げられて、生きていたって苦しいだけ。

どうしようもなく死を望んでしまう。

物語のようにヒーローが都合よく現れてくれるわけないと思いつつ、ずっと一人で戦っていた。

俺にもそんな時があったのだ。

かつての自分自身を少女の声に重ねてしまったのだろう。

故に、俺は目の前の脅威を殺さないと決めた。

助けられる可能性があるならば、最後の最後まであがきたい。

随分と俺も傲慢《ごうまん》になったもんだ。

そんな風に思わずにはいられない。

かつては自分を守るだけで必死だったのに、人の人生に介入して、偉そうに助けたいなんて思っている。

でも、それを言うなら、アウレールを守ると決心したのも傲慢だし、今更か。

一つから二つに増えたところで、もう誤差でしかないだろう。

そう自分に言い聞かせて笑う。

迫る触手を見据えて、俺は口にする。

「もう、大丈夫。俺が、君を止めるから。約束だ」

そして、思い切り殴り飛ばした。吹き飛んだ触手が肉片を撒《ま》き散《ち》らしながら、瓦礫に衝突した。

触手が剥がれた事で、本体が少しだけ見えた。

拘束具を身につけた銀髪の少女が苦しそうにもがいていた。

第二話

廃坑のある場所で、足音が二つ響いた。それは、アウレールとアンバーのものだった。

二人が醸し出す雰囲気は険悪で、お互いにそっぽを向きながら歩いている。

「アホレール」

「なんだ、悪運女」

アンバーの雑言に、アウレールも負けじと雑言で返す。

アンバーの額に、ぴきりと青筋が浮かぶ。

しかしアウレールは気にする様子もなく、歩みを進める。

「ここについて、あんたはどう思う」

アンバーがアウレールに問い掛ける。『ここ』が指すのは、言わずもがな廃坑である。

廃坑の中は複雑で、罠だらけ。

打ち捨てられたはずの場所に、何故こんなに厳重な罠が仕掛けられているのか。

そして、入口付近はまだ廃坑の面影があったが、奥に進めば進むほど綺麗に整っている。

とても、十数年前に閉じた鉱山とは思えない。それが、アンバーの抱いた感想であった。

「……」

仕掛けが解除された道を進みながら、アウレールは黙考する。

アンバーが聞きたいのは、『ここは廃坑らしくない』という程度の感想ではないだろう。

あえて意見を求めた理由は、アウレールと自分――奴隷にしか分かり得ない感覚を共有する為であった。アウレールはアンバーの問いをそう解釈した。

「まるでここは――『監獄《かんごく》』だな」

「やっぱり、そう思うわよね」

「入口付近の複雑な『罠』。中に入った者はそう簡単に出る事ができないだろうな。さらに、この構造。下の階層には、檻のようなものがいくつもあった」

アウレールの言う通り、この廃坑は実は二層に分けられていた。

一層目には、多くの罠が仕掛けられており入ってくる敵や逃げていく獲物を仕留める役割がある。

二層目には、檻や人が横になれる大きな台、実験道具などがあった。

ウォルフが見つけた罠は、偶然にも二層目に続くショートカットだったのだ。

「ここで魔物に生物実験でもしていたのだろうな。外で出会った拘束具をつけた魔物たちは、おそらくその被験体だ」

外にいた謎の魔物については、正体が判明した。しかし、最大の疑問が残っている。

「……ただ、何をしたかったのかが見えない」

ウェインライトたちは何をしたかったのか。なんの為に実験を行ったのか。

彼女たちはそれが分からず、頭を悩ませていた。

それが分からなければ、子供たちを誘拐した理由や行方についても全く見えてこないのだ。

連中が魔法使いの素質を持った子供を集めていた事は分かっている。

しかし、そこから先が分からない。言ってしまえば、手詰まりであった。

「……消えた子供。生物実験。外にいた魔物。魔法適性。一つだけ、気になる事があるな」

「何？」

絞り出すような声でアウレールは言い、アンバーが問う。

それは彼女にとって思い出したくない記憶だった。

アウレールが奴隷として売られる事になったキッカケ。

「お前は、『魔人』という存在を知っているか？」

アウレールがポツリと言う。

エルフの里にナハトと共に帰った時、アウレールは自分が売られた時の事情を聞かされた。

奴隷として売られる事になった理由は、里から『遠ざける』為だったらしい。

当時、ノスタジア公爵家は執拗《しつよう》にアウレールを狙っていた。

その時、長老であるマクダレーネは長期の旅に出ており、不在。

ノスタジア公爵家が有する魔法使い相手に、エルフの里の戦士たちは苦戦を強いられていた。

死闘を繰り広げ、どうにか守り抜いたものの、皆大きな傷を負った。

これ以上、アウレールを守りながら戦える状態ではなかった。

だから、アウレールを先に逃がした。

性別を偽るリングを持たせ、エルフが毛嫌いする人間の奴隷商に売ったのだ。

アウレールは一応は逃げる事に成功した。だが、己が狙われていた事を知らなかった幼いアウレールは、売られた事にショックを受け、奴隷商から逃げる事を考えられなかった。

エルフの中には、アウレールのせいで里が壊滅的被害を受けたと考えている者も少なくなく、彼女を嫌悪するエルフもいた。

アウレールがマクダレーネから聞いた話によると、戦闘の最中、ノスタジア公爵の私兵は度々『魔人』になる素質がある子供、と口にしていたのだそう。

そしておそらくアウレールこそ、『魔人』になる素質がある子供だったのだ。

「……知ってるも何も、この国に住んでる人間なら、ほとんど知ってるわよ」

エルフであるアウレールには馴染みのない言葉だったが、アンバーはそうではなかった。

『魔人』とは伝承の中に出てくる、化け物である。人々を苦しめ、魔物を操ったと伝えられている。被害がどんどん拡大する中、その化け物を倒したのが、『燦星』と呼ばれていたノスタジア公爵家の初代当主であった。

人々は、怪物を倒したノスタジア公爵を、畏怖と賛辞を込めて『燦星公爵』と称えた。

しかし、その時の傷が原因で公爵は三十歳を迎える前に逝去してしまったのだ。

それが、多くの人間が知るこの国の建国記の一節である。

「ノスタジア公爵は子供から『魔人』を作ろうとしていた」

「――」

アウレールの言葉に、アンバーの目が大きく見開かれる。

エルフの里の子供たちの中で、アウレールは最も魔力量が多かった。

もしかしたら、魔力量が多い事と『魔人』の素質とやらは、関係があるのかもしれない。

それならば、魔法使いの素質を持った子供ばかりを拉致している事も納得できる。

わなわなと肩を震わせ、アンバーは目を血走らせる。

それが本当なら、消えた子供たちは既に――

「……なんで」

アンバーがぽつりと呟いた。

「なんで、あんたがそんな事を知ってるわけ？」

アンバーが言う。疑問を抱く事は何も間違っていない。

人体実験は禁忌である。

仮にノスタジア公爵が行っていたとしても、秘密裏に進められたはずだ。

「当事者だからな。私も素質がある子供として、狙われていた。私が奴隷にならざるを得なかった理由だ」

アウレールがアンバーの目を真っ直ぐ見て言う。アンバーは自分の軽率さを恨んだ。

まさかそんな事情があったとは。アンバーは消え入りそうな声で、謝罪した。

「……その、ごめんなさい」

「気にするな。もう終わった話だ」

深刻な表情のアンバーと違って、アウレールは何事もなかったように笑う。

決してアンバーへの配慮からではなく、本心からの笑みだ。

「だが、仮に『魔人』を作る為に子供を誘拐しているとして——一体、『魔人』で何をするつもりなんだろうな」

「——決まってるじゃないか。かつての再現だよ」

アウレールの言葉に、暗闇から聞き覚えのない声の返事があった。

ほどなくして姿を現わしたのは、白衣の男。

身なりはだらしなく、寝起きのような髪型に、生え放題の髭《ひげ》。

脅威ではない。アウレールがそう思うほど、平凡極まりない見た目の男であった。

「……再現？」

アウレールは男の言葉を繰り返す。

すると気をよくしたように、白衣の男が声を張り上げた。

「そうさ、再現さ！　かつてこの世界を混沌に追いやった『魔人』と呼ばれる存在。それを、『燦星公爵』が打ち倒すという、かつての『英雄』の再現。実に、面白いと思わないか？」

男が冗談を言っているようには見えない。

もし『魔人』を作る事に成功し、世界に放たれたら……

「……まずいな」

「まずいって、何が――」

アウレールの言葉に、アンバーが反応する。

その直後、轟音が響いた。廃坑の中まで聞こえてくるほどの音。

外で一体何が起きたのか。アウレールとアンバーの顔が青ざめる。

ナハトは巻き込まれていないだろうか？　そう考えたのだ。

「おそらく、ウェインライト伯爵邸が今ので吹っ飛んだな……」

男が笑いながら言う。

アンバーとアウレールは目を見開いた。

彼の言葉が本当なら、おそらくウェインライトは切り捨てられたのだ。

「悪運女」

「だから、そのクソみたいなあだ名であたしを呼ぶなって――」

「出口を塞げ。あいつを捕まえて全て吐かせる」

アウレールが男を見据えて、アンバーにそう言った。

アンバーの魔法は、補助に特化したものが多い。だからアウレールは前に出た。

「おやおや。随分と物騒じゃあないか」

「物騒と言うなら、自分こそ、その後ろのヤツを下がらせたらどうだ」

アウレールは言う。

白衣の男が現れてから、ずっと感じていた気味の悪い気配。

後ろに、何かがいる。血の臭いを漂わせる何かが。

「それは無理な相談だ。僕は戦闘がからっきしでねえ。こうして、便利な忠犬を連れていないと出歩く事もできない臆病者《おくびょうもの》なんだ」

「……何よ、あれ」

重厚な足音を響かせ、姿を現わした化け物……

その化け物は首輪をつけていた。身体は継《つ》ぎ接《は》ぎだらけで、肌の色もおかしい。

様々な魔物の特徴を持っており、無理やりくっつけられたのだと分かる。

――合成獣《キメラ》か。

アウレールは、瞬時にそう判断する。

そして、首輪の中央には、何やら奇妙な宝石が埋め込まれており、妖しく光っている。

身体には紋章が刻まれている。

「こいつは利口でね。僕の言う事をなんでも聞いてくれるんだ。偉いだろう？」

「……面倒な」

アウレールの額に、汗が伝う。制御下にないならば、まだ戦いようがあった。

――勝てるだろうか。懸念がアウレールの脳裏を過る。

「だけど、やるしかないよな」

ナハトにナハトの理由があるように、アウレールにも戦う理由がある。

アウレールもまた、ナハトを守りたい。一緒に生きていきたいと思っていた。

ナハトがアウレールの為に行動しているように、アウレールもナハトの為に生きていたのだ。

だから、ここで引くわけにはいかなかった。

「逃がさない……凍れ」

アウレールがポツリと呟く。足下から広がる氷は、眼前の全てを支配する。

「流石エルフ。優秀な魔法使いのようだ。だけどひとつ訂正かなあ。心配せずとも、僕らに逃げる意思はない」

「――は？」

アウレールが驚愕したのは、白衣の男の言葉についてではない。

まるで人のように、当たり前に魔法を行使した合成獣への驚愕であった。

鉤爪《かぎづめ》がアウレールに迫る。

それをすんでのところで回避する。

しかし、その回避を予想していたかのように――魔法陣がアウレールの頭上に浮かぶ。

一瞬、白衣の男の仕業かと思ったが、彼が動いた様子はない。

間違いなく、これは目の前の合成獣の仕業。

人間のような戦い方をする魔物を前に、アウレールは舌を打ち鳴らしながら、後退した。

「凄いだろう？　僕の自信作は」

「……自信作、か」

アウレールがそう呟く。

後ろにはアンバーがいる。

だから口に出さなかったが、アウレールはこう考えていた。

この合成獣は、人間と魔物を素材として造られたのではないか。

この化け物からは、人間のような知性を感じる。

アウレールと同様にアンバーもまた、その可能性に気が付いていた。

「……自信作って、人や魔物をおもちゃにして……楽しいの？」

アンバーの声は震えていた。

もしこんな化け物が世界に放たれたら……

『魔人』が、この化け物よりもっと危険な存在だったら……

かつての再現とやらを行えば、間違いなく人死が出るだろう。

この男は、その事実を認識した上で、人や魔物を使い実験をしている。人の命をそこらに転がっている石ころのように思っている。

「罪のない人を殺すだけじゃなく、殺したあとも冒涜《ぼうとく》して……そんな行為が許されると思ってんの……!?　一体何人殺したのよ……」

アンバーは憤《いきどお》っていた。

背後にノスタジア公爵家がいるとしても、実行に移したのは紛れもなくこの男だ。

「ええと、そうだなあ？　もう随分と殺した気がするけど、何人とか数えた事がなくてだねえ」

彼の言葉一つ一つが、どうしようもなくアンバーを苛立たせる。

アウレールも、努めて冷静にしているが、心の中は嫌悪感でいっぱいだった。

「これは名誉な事なんだ。僕のような天才に使ってもらえるなんて、これ以上ない喜びじゃないか……そもそも、あのゴミ共が僕を認めないのが悪いんだ。それに対してノスタジアは、僕の能力を認めてくれた上、ちょっと『魔人』の話をしたら、すぐに材料を用意してくれた。いやぁ、劣等感を抱いているヤツは扱いやすくて助かるよ」

男はニヤつきながら言う。

「……もしかして、自分を認めなかった人間に力を示そうとしているの？　そんな事で人の命を……」

「そんな事？　そんな事だと？　ふざけるなよクソが……ッ！」

アンバーの一言で、白衣の男が豹変《ひょうへん》する。

「そんな事なんかじゃあない。僕の素晴らしさを理解できないヤツらが悪い。何故、分からない？何故、理解しない？　何故――」

そこで、白衣の男は真顔に戻る。

「……ああ、そうだ。こんなところで時間を浪費している場合じゃなかったんだ。ところで、君たちに一つ、尋ねたい事があってね」

アンバーとアウレールは、男の質問に身構える。

「探し物をして、この廃坑に来たんだけど……心当たりとかないかなあ？」

「……探し物？」

「そう——ウェインライトに預けておいた僕の作品なんだけど……名前は、シェリア。彼女の居場所を知ってる？」

「いいや。悪いが知らない。しかし、余計に逃がすわけにはいかなくなった」

静かな怒りを込めてアウレールは言う。

あの合成獣がいる限り、正面からの戦いではアウレールに勝ち目はない。

だから、最悪逃げる事も考えていた。

けれど、事情が変わった。

孤児院でアウレールとナハトの魔法を見ていた少女から聞いた名前。

あの少女やリザは、きっと『シェリアお姉ちゃん』の帰りを待っている。

「手を貸せ、悪運女」

「だから、あたしをその名前で——」

「あの白衣を、ここで殺す」

アウレールの言葉にアンバーが頷く。

「……珍しく意見が合うわね。あたしもそう思っていたところよ」

「本当に、珍しくな」

衝突ばかりしていた二人であったが、この時ばかりは意見が一致した。

そして次の瞬間、張り巡らせていたアウレールの氷が、男に牙を剥いた。

第三話

噎《む》せ返《かえ》るような血の臭いに吐気を覚えながら、俺は魔力を身体中に巡らせる。
目の前には少女が一人。
両の手で苦しそうに頭を抱え、指の隙間からは鮮血のような赤い瞳が覗いている。
衣服は赤黒く滲んでいた。
『ぁ、ああああああぁぁあああ』
言葉にならない、悲鳴のような少女の声。
何かを訴えているようにも思えるが、俺にそれを読み取る術はない。
それが悲鳴で、絶叫で、慟哭で、切実な嘆きという事だけは理解できた。
その叫びに呼応するように、縦横無尽に蠢く触手が猛威を振るう。
無差別に行われる破壊活動。
理性の欠片もなく、言葉は通じない。
「――相変わらず、この世界はどうしようもないくらい腐ってるな」

俺がそう言うと、少女の身体の一部が発光した。

血の滲んだ服の下から浮かび上がるそれは、外の魔物の身体に刻まれていたものと全く同じだった。

突然光り出した紋章に警戒を強める。

蠢く触手と少女の肢体を凍らせ、無力化しようとした瞬間、視界に赤色の光線が見えた。

「──」

なんの予備動作もない、一瞬の出来事だった。

後方より聞こえる破壊音。むわりとした鉄が焼ける臭い。

すんでのところで避けたが、肩を少し掠ったか……

生温かい血が、俺の身体を滴《したた》っていく。

「……これ、は」

俺が驚いたのは、傷を負った事についてではない。

俺はこの攻撃を──何度も見た事がある。

これは、かつて討伐した魔物が使用していた魔法だ。

人間が、魔物と全く同じ攻撃を行うなど、可能なのか？

俺は自分の目を信じる事ができなかった。

しかし、外にいた魔物や彼女の身体から伸びている触手の事を考えると……

俺の頭の中に、嫌な想像が浮かび上がる。

「いや、でもこれまでの事を考えると……そうだったら状況は最悪だ」

ここに捕らえていた魔物の力を、目の前の少女に強制的に植えつけた。

どうやったのかは分からないが、そんな事をして少女の身体が無事なわけがないだろう。

尋常《じんじょう》でない彼女の様子も、身体の節々に残る傷痕も、あの慟哭も、全て彼女に凄惨な事が行われたのだろうと物語っている。

「……にしても、厄介極まりないね」

気持ち悪い汗が額に流れる。

俺の目的は、目の前の少女を倒す事ではなく、助ける事だ。

攻撃の余波によって、現在進行形で崩れている廃坑の事も心配である。

既に限界が近いこの廃坑。そこで好き勝手攻撃を繰り出し続ければどうなるかは、言うまでもない。いつここが崩れ落ちてもおかしくない。

俺一人なら簡単に脱出できるが、廃坑が壊れないように気を使いながら、少女を殺さないように気絶させ、抱えたまま外に出るというのは、至難の技だった。

そうでなくとも、勝てるかどうか怪しい相手だというのに……

さらに、もう一つ懸念がある。

それは――

「……こんな事ならもう少し節約しとくべきだったかな」

いかに魔力量が多くとも、有限だ。

立て続けに大きな魔法を繰り出したせいで、ここにきて限界が訪れた。

滲む汗はそれによるものでもあった。

「――いや、今更か」

魔法を使いすぎた事を後悔しても仕方がない。時間の浪費だ。

だから、あえて俺は笑う。

虚勢を張るように、問題ないと自分に言い聞かせるように。

「ウォルフ！」

下がらせたウォルフの名を呼ぶ。

「――《雹葬飛雨》――」

鋭利な細氷が浮かぶ。さらに地面にも氷を広げる。

足下に広がる氷の範囲を拡大させ、蠢く触手へ伸ばす。

「俺があの触手をどうにかする！　その隙に、あの子を触手から引っぺがしてほしい！」

俺がそう叫ぶと、ウォルフは分かったと答えるようにすぐ駆け出す。

俺はアウレールのように魔法のコントロールが上手いわけではない。

だから、本気の魔法を放ったら、少女を巻き込んで殺してしまう可能性が極めて高かった。

「……ったく、あの触手、再生能力もあるのかよ」

触手を容赦なく切り裂いてゆく氷の刃。

しかし、傷をつけた側から触手はまるで何もなかったかのように再生する。

どれだけ粉々に切り裂こうが、散らばった肉片は一つの場所に集まり再生してしまう。

まるで一つ一つの肉片に意思があるようだ。

そしてまた、赤い光線が少女から繰り出される。

攻撃の手を休められないのに、氷による廃坑の補修と俺への攻撃の回避もしなければならない。

この攻防を、あとどれだけ続けなければならないのか。

それを考える度、気が遠くなり、嫌な汗が滲む。

ウォルフの手を借りて少女を引き剥がそうと試みるが、触手の守りは固く、同じ光景が繰り返される。

魔力だけが着実に消耗させられる。そして、傷が増えてゆく。

少女の魔力が尽きる様子はなく、底が見えない。

このままだと、間違いなく先に俺の限界がやってくる。

少女の攻撃によってやられるのが先か、魔力切れを起こし廃坑が崩れるのが先か。

少女を助けるなんて無謀だったのかもしれない。

実は、少女を殺して止めるか、少女を見捨ててこの廃坑から脱するか、この二択しか選択肢はなかったのかもしれない。

それらの選択肢は、この状況において一番現実的なものであった。

そもそも、俺にとって目の前の少女は家族でもなく、友人でもない。

なのに何故、あえてリスクを取る。

この子を助けられない事は残念だが、他の子供を助ければいいじゃないか。

仮に助けられたとしても、正気に戻る可能性は？

俺が助かる保証は？

そんな事を、身体に傷を受けながら考えてしまう。

俺は運よく魔法が使えるようになり、自ら戦える力を手に入れた。

しかし、目の前の少女はどうだ。

されるがままじゃないか。

『……お前みたいな貴族、殺してやるッ！』

こんな状況なのに、ふと懐かしい言葉を、思い出した。

それは、俺が初めて出会った奴隷の言葉。

奴隷館で初めて見たエルフの奴隷はそう言った。

俺はその時、このまま殺されてもいいかもしれないと思った。

どうせこのまま生きていても、未来に希望はない。

貴族を恨んでいる彼女を側に置けば、俺を殺してくれるだろうか。

自由に、なれるだろうか。そんな事を考えたのだ。

そして、俺は彼女――アウレールを買った。

でも殺される日はついぞ来なくて、それどころか、生きたいと思うようになった。

最初そんな動機で買った奴隷だが、気付けば心の拠り所として、彼らを買うようになっていた。

「……違う。手を差し伸べられたから、俺は今ここにいるんだよ」

我に返って、気付く。

負の感情に思考が染まってしまった理由に。

これは、亡霊種の仕業だったのだ。

よく見ると、亡霊種の目が妖しく光っており、長時間目を見ていると暗い気持ちになってくる。

おそらくあの光にあてられると、負の感情が増幅し、闇に取り込まれるのだろう。

少女より先に、こいつらを倒さないと埒《らち》が明かない。
「――《氷原世界》――」
そう唱えると、無数にいた亡霊種たちが一瞬で凍り付いた。
「諦めるとか、あり得ないだろ。それに、約束したからには守るよ」
少女には届かなかったかもしれない。そもそも、俺が一方的に告げた言葉だ。
それでも、俺は彼女を止めると約束した。
だから、それを守らなくてはならない。現実のものにしなくてはいけない。
考えろ。考えろ、考えろ、考えろ……
殺すわけにはいかない。氷で凍らせるだけでは彼女を救えない。
ならばどうする。どうすればいい。
「……魔力を取り除くしかない」
少女が理性を失っているのは、魔物の力を無理やり身体に入れられたから。
魔力を取り除けば、魔物の力の活動が停止し、少女を止める事ができるかもしれない。
だが、どうやって?
俺に許された魔法は氷だけ。
そんな俺にできる事……普通の魔法ではない何かを使う以外に道はない。

「……どうせ、どう足掻《あが》いても無理なんだ。だったら、当たって砕けるのも悪くないよね」

どうにかして魔法を使えるようになりたくて、本を読《よ》み漁《あさ》っていた時期があった。

一縷《いちる》の希望に縋《すが》っていたのだ。

それこそ、苔《こけ》でも生えてそうな骨董書すら、片っ端から読み漁っていた。

結局、魔法適性を得る手掛かりは見つからなかったけれど、その時の知識がここで活きるとは思ってもいなかった。

思わず、頬が緩む。

「君は――《喪失魔法《ロストマジック》》を知ってるか」

とうの昔に廃れ、喪失した魔法。故に――喪失魔法。

その効果は絶大で、魔力さえあれば魔法の適性にかかわらず、様々な属性の魔法を発動できる。

しかし、魔法陣の複雑さや、膨大な魔力を必要とする事から徐々に廃れてしまったのだ。

喪失魔法の中には確か相手の魔力を吸い取るものがあったはず。

……頼むから持ってくれよ、俺の魔力！

そう願いながら不敵に笑い、空中に魔法陣を描く。

魔法陣を描き終えると、白銀の光が溢れ出した。

「……さぁて、鬼が出るか蛇《じゃ》が出るか」

彼女の魔力を俺が、喰らい尽くしてやるッ！
「――《魔喰《まぐ》らい》――」
まるで蛇のようにうねりながら、魔法陣から出た光が触手へ向かう。
そして触手に触れた瞬間、砂のように蠢くそれが崩れた。
「よ、し――」
頭にずきりと強い痛みが走るが、そんな事はお構いなしに俺は魔法を発動し続ける。
その時、底を尽きかけていた魔力が、魔法陣を介して俺の身体に流れてきた。
あの触手から奪っているのか。
これで魔力切れの心配はなくなった。
可能な限り、触手から魔力を奪う。
これで、止められる。少女を傷つける事なく、止められる。
そう確信した時だった。
『イタイヨ――ユル、サナイ……』
少女が言葉を発し、どろり、と明らかに空気が変わる。
重々しい。
まるで、それまで手加減してやっていたと言わんばかりだ。

そして、殺意の質が明らかに鋭くなった。
その瞬間、俺は硬直してしまった。それは、致命的な失敗だった。
触手が大きくうねり、近付いてくる。
飛び退いて回避したと思ったら、避ける事を予知していたかのように追撃が襲い来る。
——っ、しまッ⁉
四方八方より現れた触手による攻撃を、もろにくらってしまった。
みしり、めきりと骨が軋《きし》み、思わず顔が歪んだ。
「いッ、づっ⁉」
……油断、した。けれど、ただでやられてやるほど、俺は根性なしじゃない。
自分に攻撃してきた触手をガシリと掴み、魔法陣を描く。
言わずもがな、《魔喰らい》の魔法陣だ。
しかし、触手は消えてくれなかった。
「……な、ん」
驚愕しながらも、ある事に気が付く。
そうだ。俺が使っている《魔喰らい》が、完璧なものであるという保証はどこにもない。
自分のお花畑な思考に腹を立てつつ、痛みと共に勢いそのまま後方へ吹き飛ばされる。

「――ッ、ウオオオォォンッ‼」

攻撃を受けた俺に気付いたウォルフが、慌てて自身に注意を引き付けようと咆哮《ほうこう》する。

しかし、敵には聞こえないようで、一切反応せず、容赦のない追撃を行う。

氷で対処を試みるも、間に合わない。

何故か、先程まで効いていたはずの《魔喰らい》の効果が薄れている。

視界に映り込む無数の触手。全く手に負えない。

「……どん、だけ、身体を弄《いじ》ればああなるのやら」

俺は痛みに悶《もだ》えながらも、なんとか言葉を振り絞る。

『――イタイ、イタイ』

その間にも、嘆きの声が頭の中で繰り返される。

それは、ひたすら苦しみを訴えている。

遠くからでも見える少女の瞳は、まるで血の涙を流しているかのように赤々としていた。

その瞳が訴えている感情は、悲しみ、痛み、恨み……

俺が手を差し伸べて、彼女を地獄から救い出してやる。

苦しかったねと言って、大人が抱きしめてやるべきなのだろう。

それは親でなくとも、リザだって、アウレールだって、アンバーだっていい。

『もう終わりたい……イタイ――いた、くて、クルシイ』

頭の奥の奥に響く慟哭を聞いて、ある考えが閃《ひらめ》いた。

彼女の声は――一度も『たすけて』と言わなかった。

それどころか、俺が助けられるかもしれないと淡い期待を抱いた瞬間、殺意が膨れ上がった。

「わ、がった」

彼女は俺が助けようとすればするほど、大きく抵抗する。

多分この少女は――助けられたくないのではないだろうか。

助けられたら、また利用されるかもしれない。また、終わりのない地獄の繰り返しかもしれない。

そんな恐怖と戦っているのではないか。

彼女の気持ちは理解できる。俺も同じだったから。

こんなにたっぷり苦しんだ先に、果たして報われる未来が待っているのだろうか。

人はどうせいつか死ぬのだ。

だったら、今、生きるのをやめてしまうべきじゃないか。

そうすれば、これ以上苦しむ事はなくなる。

これ以上、痛い思いをしないで済む。悩む必要もなくなる。

だから。だから。だから――

「もう痛くないように、ひと思いに終わらせてやる」

そうは言ったものの、彼女を救う事を諦めたわけではない。

殺すつもりで、本気で攻撃するだけだ。

もう手加減はしない。

ボロボロの身体に鞭《むち》を打ち、立ち上がって強い殺意を向ける。

すると、ほんの一瞬ではあったものの、攻撃が止んだ。

……やっぱり、そうなのか。

「俺も昔は、辛かった。死のうと思った回数なんて、数えきれない。なんで俺だけがこんな目に。いつだってそう思って、何もかもを恨んできた。終わりがあればいいのにって祈りながら」

俺の言葉が届いているのか。それは分からない。

でも、言いたかった。

これだけは、言っておきたかった。

「おかしなもんだよね。本来なら、死ぬほうが怖いはずなのに、俺たちは生きてるほうが怖いなんて」

生き続けることが苦しいと分かっている癖に、本来あり得たかもしれない平凡な幸せに焦がれてしまう。

だからこそ、死ぬに死ねない。生き続ける事も怖くて、死ぬのも怖い。

心のどこかで求めてしまう。この生を、無理矢理断ち切ってくれる人の存在を。

俺もそう思ってた。

『腹が立つならやり返せばいい。ナハトは何も間違ってない。お前にはその権利がある』

アウレールに、そう言われるまでは。

『もちろん、今すぐじゃない。今そんな事をしたら、ナハトが死ぬ。いつか、必ずやり返してやれ。床に頭を擦り付けて、土下座させてやるんだ。あいつらの思い通り死んでやる必要はない。生きる理由なんて、なんでもいいんだ。生きて生きて、生き抜けば、きっと今より幸せと思える日がくる。だから、そんな歳で、死にたいなんて簡単に言うな。馬鹿』

……結局、俺は生きる事を決めた。

「君の気持ちは分かる。でも今死んだところで、ヤツらは何も思わない。君だけが未来を失う事になってしまうんだぞ」

俺は悔しかった。

あいつらのせいで、わざわざ死んでやる必要はない。

「それで、いいのか？　それでもいいなら、今すぐ殺してやる。それが、俺にできる最大の優しさだろうから」

ALPHAPOLIS
WEB CITY
SINCE 2000
A L P H A P O L I S
アルファポリス

召喚・トリップ系

こっちの都合なんてお構いなし!?
突然見知らぬ世界に呼び出された
主人公たちが悪戦苦闘しつつも
成長していく作品。

いずれ最強の錬金術師？

小狐丸

既刊13巻

異世界召喚に巻き込まれたタクミ。不憫すぎる…と女神から生産系スキルをもらえることに!!地味な生産職を希望したのに付与されたのは、凄い可能性を秘めた最強(?)の錬金術スキルだった!!

最強の職業は勇者でも賢者でもなく鑑定士（仮）らしいですよ？

あてきち

異世界に召喚されたヒビキに与えられた力は「鑑定」。戦闘には向かないスキルだが、冒険を続ける内にこのスキルの真の価値を知る…!

既刊6巻

装備製作系チートで異世界を自由に生きていきます

tera

異世界召喚に巻き込まれたトウジ。ゲームスキルをフル活用して、かわいいモンスター達と気ままに生産暮らし!?

既刊10巻

もふもふと異世界でスローライフを目指します！

カナデ

転移した異世界でエルフや魔獣と森暮らし！別世界から転移した者、通称『落ち人』の謎を解く旅に出発するが…？

既刊5巻

種族【半神】な俺は異世界でも普通に暮らしたい

穂高稲穂

激レア種族になって異世界に招待された玲真。チート仕様のスマホを手に冒険者として活動を始めるが、種族がバレて騒ぎになってしまい…!?

既刊2巻

定価：各1320円⑩

転生系

前世の記憶を持ちながら、
強大な力を授かった主人公たち
現実との違いを楽しみつつ、
想像が掻き立てられる作品。

転生前のチュートリアルで異世界最強になりました。

小川　悟

死後の世界で出会った女神に3ヵ月のチュートリアル後に転生させると言われたが、転生できたのは15年後!?最強級の能力で異世界冒険譚が始まる!!

既刊3巻

貴族家三男の成り上がりライフ

美原風香

アルラインは貴族の三男に転生し、スローライフを決意したが、神々からの複数の加護で人外認定される…トラブルも多い中、望む生活のため立ち向かう！

既刊2巻

Re:Monster

金斬児狐

最弱ゴブリンに転生したゴブ朗。喰う程強くなる【吸喰能力】で進化した彼の、弱肉強食の下剋上サバイバル！

第1章：既刊9巻＋外伝2巻　第2章：既刊3巻

異世界ゆるり紀行

水無月静琉　既刊13巻

転生し、異世界の危険な森の中に送られたタクミ。彼はそこで男女の幼い双子を保護する。2人の成長を見守りながらの、のんびりゆるりな冒険者生活！

素材採取家の異世界旅行記

木乃子増緒　既刊12巻

転生先でチート能力を付与されたタケルは、その力を使い、優秀な「素材採取家」として身を立てていた。しかしある出来事をきっかけに、彼の運命は思わぬ方向へと動き出す—

強くてニューサーガ
NEW SAGA
阿部正行
Abe Masayuki
既刊10巻
TVアニメ制作決定!!
人類滅亡のシナリオを覆すため、
前世の記憶を持つカイルが仲間と共に、
世界を救う2周目の冒険に挑む!
定価：各1320

痛みで顔が歪む。痛くて苦しいのに、言葉が溢れ出る。

「――足掻いてみろよ。復讐するにせよ、生きるにせよ、幸せになるにせよ、何をするにせよ、始めの一歩は自分で踏み出すしかないんだ」

足を踏み出してこそ、手を差し伸べてくれる人たちの手を取れるのだから。

傷付き疲れ果てた少女に、こんな事を告げるのは、我ながら酷だと思う。

しかし、俺は彼女の希望に縋る力を信じている。

少女の返事はない。

ダメか。そして、ありったけの魔力を込めた氷魔法を展開した瞬間だった。

少女の顔を覆っていた両手が解け、右の手で自分の左腕を強く掴んでいた。

それこそ、血が滲むほどに。

しかし、またもや少女が苦しみだす。

まるで彼女の中に人格が二つあるかのようだ。

そんな中、赤い瞳は真っ直ぐに俺を射貫いていた。

『生きたい』という確固たる意思を湛えていた。

「……そう、こなくちゃ」

俺の言葉に、少女の返事はない。

だけど、その目が何よりの返事だった。

「生きて生きて、生き抜けば、きっと今より幸せって思える日が来る。信じられないかもしれないけど」

『生き抜けば、きっと今より幸せと思える日がくる』

かつてのアウレールの言葉。

冗談半分で聞き流していたその言葉は、気付けば本当の事になっていた。

苦しんだ分、君は幸せになるべきだ。

そんな事を思いながら、俺は少女の行動が止まっている隙に、もう一度《魔喰らい》を行使した。

今なら受け入れてくれるかもしれない。

伸びていた触手は砂のように消え、俺の身体に膨大な魔力が流れ込む。

まるで、少女が俺の手を取り、身体を委《ゆだ》ねてくれているような、不思議な感覚だった。

少女の動きが完全に停止し、俺は魔法を解除して歩き出した。

「……あと一年くらい、修業するべきだったかな」

それなりに強くなったと思っていたけど、女の子一人助けるのにこの有様だ。

《魔喰らい》によって魔力を吸われ、気を失った少女を見つめる。

正気を失っていたが、何故か俺の声が届いていた。

「ウォルフ」

呼び掛けると、ウォルフが近付いてきた。

所々傷を負っていたが、深いものはなかった。

「ちょっと、疲れた。休ませて」

魔力の消耗。連戦による疲労。

頭に響き続けていた少女の嘆き。数える事が億劫《おっくう》になるほどの生傷。

身体に蓄積したダメージは大きい。

今は全てを放りなげ、意識を手放したい気分だった。

だから、俺は少女を拘束して、ウォルフの身体に寄りかかって眠りについた。

第六章　魔人の少女

第一話

ムニッと両頬を引っ張られる感覚によって、意識が現実に引き戻される。

瞼《まぶた》を開くと、そこには親しみ深い顔があった。

「あふれーる？」

頬を引っ張られていた状態だった事もあり、呂律《ろれつ》が回らない。

寝起きのような、ぽわぽわとした感覚だ。

人形のように整ったアウレールの顔に傷がある事に気付いて、途端に我に返る。

「その、傷……！　……何があったの？」

俺は慌てて上体を起こして、尋ねる。

よくよく注視すると、手足にも傷がある。

「……お前のほうがよっぽど重傷だっただろう。私のは擦り傷だ」

アウレールは呆れながら、溜息を吐いた。

……だった？

不思議に思って、自分の身体に視線を落とす。

傷口が何故か癒《い》えている。

誰かが処置をしてくれた事は明らかで、確実に折れたと思っていた骨も痛まず、問題なく動かせる。

「アンバー、か」

アンバーは治癒の魔法も使えるから、彼女が治してくれたのだろう。

しかし、周囲にはアウレールと丸まったウォルフ以外に誰もいない。

「……あいつなら、あそこだ」

そう言うアウレールの視線を追うと、少し離れたところにアンバーがいた。

側には、あの少女も。

俺と同様、仰向けに倒れている。治療中なのだろうか。拘束は解かれ、意識はないようだ。

「ウォルフが……」

「ウォルフ？」

「ウォルフが、あの子に敵意を示さなかった。だから、助けたんだ」

「……あぁ、そういう」

アウレールの言葉に納得する。

俺が傷だらけで倒れていたのだから、アウレールたちはあの少女の仕業かもしれないと思っただろう。

ウォルフのおかげで、彼女が無事に治療を受けられた事に感謝する。

言葉を交わす事はできないけれど、ウォルフは俺の言葉を理解しているんじゃないかと思う。

「私たちの事もあとで説明するが、今はナハトのほうが先だ……一体何があった？」

アウレールが俺に問う。

深々と刻まれた周囲の破壊痕。

それは決して、俺の攻撃によるものだけではない。

とすれば、この惨状を引き起こしたのは、この少女である。

それが事実なのだから、言い訳のしようがない。

「……なん、て、言えばいいのかな」

そう言いながら、立ち上がる。

少女の危険度を考えたら、アンバーに今すぐ離れろと叫ぶべきなのだろう。

だが、今の少女からは先程までの脅威が全く感じられない。

それどころか、魔力もほとんど感じなかった。

「操られてたって言えばいいのかな。正直、俺も分かんない。思いっきり戦って、死にかけたって事くらいしか」

俺は笑いながらアウレールの質問に答えた。

「……それと、あの子は昔の俺みたいに苦しんでた」

思い通りに動いてくれない身体を引《ひ》き摺《ず》るようにして、少女に歩み寄る。

眠っている少女が身体をこわばらせた。

足音に敏感なのか。

いや、そうなってしまったのだろう。

己の身体を実験するべくやって来る男の足音は、幼い少女にはさぞかし恐ろしかっただろう。

「ナハト……！」

「多分だけど、大丈夫」

心配するアウレールに返事をする。その間も、少女が目を覚ます様子はない。

しかし、瞼がピクピクと動いているのを、俺は見逃さなかった。

……狸寝入《たぬきねい》りか。

誰が自分の味方かも分からない状況。

意識を失った振りを続けていれば、治療だけはやってもらえる。俺でも少女のように狸寝入りをしただろう。

あと二、三歩の距離になったところで、俺は腰を下ろした。

「俺は……元々貴族でね。ただ、普通の貴族じゃなかった。魔法使いとしての才能がない、所謂《いわゆる》、出来損ないだったんだ」

俺がそう口にすると、少女の手がぴくりと動く。

彼女は間違いなく、貴族の私利私欲の被害を受けた人間の一人だ。

そんな人間に、自分が貴族だったと明かすのは、賭けだ。

でも、少女に本当に信頼してほしいのならば、自分の事をまず初めに明かすべきだと思った。

だから、恨まれるかもしれないリスクを負って、そのままの自分の気持ちを吐き出す事にした。

少女が狸寝入りしている事に、アウレールとアンバーはまだ気付いていないのだろう。

突然始まった俺の自分語りに、若干驚いていた。

でも、構わずそのまま続ける。

「落ちこぼれの俺は、身内の人間から殺されかけた事がある。いっそ殺してくれ。そう思ったよ。だから、君に自分を重ねたんだろうね」

そこで一度言葉を切り、アウレールとアンバーを見る。

「俺にとって家族と言える存在は、ここにいるアウレールや、アンバー、お金で買った奴隷しかいなかった。血が繋がっていなくても家族だ」

話しかけても、少女は依然として反応しない。

「俺にとって、家族は特別なんだ。なんの価値もなかった俺に、心を許してくれた人たち。でも、大事な家族が、公爵家から命を狙われてた。俺はそいつを倒す為にここへ来た。危害を加えたヤツを根絶する為に、ここへ来た。その為なら、どんな事もするつもりだ。だから。だから――」

そこから先の言葉は、喉に引っ掛かって上手く言えなかった。

助けて欲しい。協力を、して欲しい。

つい先程まで一人で苦しんでいた少女に、そんな事を言うのはあまりに酷な気がしたのだ。

どうにか少女を傷つけずに情報を聞き出す術を考える。

「――なんで、そんな事をわざわざわたしに話すんですか」

狸寝入りをやめた少女の声が聞こえた。

アウレールとアンバーは驚いていたが、それに構わず、少女は上体をゆっくりと起こす。

「……実は結構前から起きていて、わたしはこの人たちの話を聞いてました」

少女がアンバーとアウレールを指差しながら言う。

身体の状態からして、こんなに早く意識が戻るのは、常人ではあり得ない。

けれど彼女は、身体をいじられた人間だ。

こちらの常識が通用しない可能性は大いにある。

「貴方たちは、孤児院の子供たちを助けようとしてるんですよね？」

少女の声が震えていた。少女はやはり、孤児院から攫われた子供のうちの一人なようだ。

「なんで、まずその事を言わなかったんですか？」

少女はまっすぐ俺を見つめながら言った。

間違いなく、それは俺たちがこの廃坑にやってきた理由の一つだ。

「……」

少女が無言で睨《ね》め付《つ》ける。

語気も強かった。敵視されている事は明らかだ。

俺としても、戦闘中の会話で打ち解けてくれたなどハナから思っちゃいなかった。

彼女は俺を疑っている。怪しんでいるのだ。

「俺が君と少しだけ似た過去を持つ人間である事は話した通りだ。だからこそ分かる事もあると思ったんだ。俺も昔は人を信用できなかった。いつかこの人は裏切るんじゃないか。一、二度助けてもらった程度で、疑心がなくならない事は、俺もよく知ってる」

それでも、手を差し伸べ続けてもらったから、今の俺がある。

それを、彼女に伝えたかった。

もう一度、人を信じられるようになってほしかった。

「俺は君に信用してもらいたい。だから、ほんの少しであっても、隠し事をするべきではないと思ったんだ。かつての俺なら、どんな人間か分からないヤツに助けるなんて言われても、絶対に耳を貸さなかっただろうからね」

そう言ったあと、『君もそうだろう？』という感じで微笑みかけた。

すると、少女は目を伏せた。

「だから、もし君が知りたい事があるなら、話せるだけ全部話すよ。それだけが、唯一、俺が君の信頼を得る行動だろうから」

「……そんなのは、いらない」

しかし、少女から返ってきたのは、明確な拒絶だった。

この少女は、心に傷を負いすぎている。

やはり出会ったばかりの俺の言葉なぞ、信用できないのだろうか？

「わたしは孤児院の皆以外、誰も信用しないって決めてます。貴族は尚更。だから、そんな嘘でわたしを利用できると思わないで」

少女はきっぱりと言い放った。

ここに至るまで、彼女がどんな地獄を見てきたのか、俺は知らない。

ここまで拒絶するのなら、決して話をしてくれないだろう。

ノスタジア公爵の情報を無理矢理聞き出す事は、絶対にしたくなかった。

アウレールもアンバーも、同じ気持ちだろう。

だが、少女の言葉はそれで終わりではなかった。

「貴方が、他の人間とは少しだけ違う事は分かりました。その子からも随分と信頼されてるみたいですし」

少女の視線はウォルフへ向かう。

もしや、彼女は魔物の力があるから、ウォルフの言葉が分かったりするのだろうか。

「……感情が分かるだけ。それだけです」

ウォルフと少女を交互に見ていた俺の心情を察してか、少女がそう言った。

「わたしも孤児院の皆は助けたい。だから——今だけ。今だけ、わたしは貴方の事を利用します」

おそらく、物凄く勇気を出してくれたのだろう。

元より、最初から信用してもらえないと分かっていた。

できないと分かっていた。

お互いに利用価値があるから利用する。

今はそれでよかった。

そういう関係を示されて、俺は微笑んだ。

「助けたくてもわたし一人じゃ助けられません。暴走したら、誰が誰か区別がつかなくなりますから」

全快していない身体を引き摺りながら少女は歩き始める。

俺たちも彼女のあとを追って、廃坑の中を進んだ。

「一つ、聞かせてほしいの。貴女の名前は、シェリアかしら」

廃坑の中を歩きながら、アンバーが問いかける。

びくん、と反射的に少女の肩が跳ねた。

「……なん、で、それを」

「やっ、ぱりね」

アンバーの言葉に少女が反応し、気色ばむ。

自分の名前を知っているという事は、自分に痛苦を与えていたヤツの仲間か。

そんな風に思ったのだろう。

「ああ、怖がらないで。あたしたちは敵じゃないわ。さっき出会った白衣の男に聞いたのよ。中々手強い相手だったけど、無事に倒したから心配いらない」

アンバーがそう言う。

だから傷を負っていたのか、そんな事を考えていると、地鳴りのような音が響いた。

「……困るんだよね。そう、勝手な事をされると」

俺たちの後ろから、男の声が聞こえた。

何故だろうか。

俺は、この声を聞いた事がないはずなのに、デジャヴを感じる。

この気持ち悪さは、一体なんだろうか。

「どぉーして、こうも予定通りにいかないかなあ。あのグズ公爵が想像以上に使えなかったのもそうだけど、キミもキミだよシェリア。僕から逃げられるわけがないだろう？」

嘲笑《あざわら》う声は、次第に近くなる。

そして、声の主が姿を現わした。

「……なんで、生きてる」

アウレールの言葉で、全てを察した。

彼こそが、彼女たちの傷の元凶なのだろう。

アンバーはさっき倒したと言っていたが、男は生きている。

赤黒く変色した白衣に似合わず、その身体に傷は見受けられない。

アンバーとアウレールは目を見開き、驚愕している。

なんとなく状況は掴めたが、こいつの事をよく知らないのに、どうして俺の顔は勝手に歪むのだろうか。まるで、本能的に嫌悪しているようだった。

そして、意外にも呆気なく、その答えは得られてしまう。

「おや。懐かしい顔がいるね。少し成長してるが、すぐに分かったよ。キミだろう？　ナハト・ツェネグィア。僕だよ、僕。覚えてないかな？　……あぁ、あの時の記憶は力を奪ったあと、一年後に切り取ったんだったっけ」

男がそう言った瞬間、頭が割れるように痛んだ。

一瞬にして、失われた記憶が蘇《よみがえ》る。

ロディカの話を聞いて、夢の中に出てきた男は、公爵だと思っていた。

でも、違う。違った。

あの時、俺に手を伸ばした笑顔の男は、公爵なんかじゃない。あれは、こいつだ。

思い出すと同時に、言葉にできない憎悪が湧き上がる。

強く噛み締めた唇から血が出て、口内に血の味が広がった。

「折角だし、久しぶりに自己紹介でもしてあげようか」

男が粘着質な笑みを浮かべる。

「僕の名前は、ノーディス・ベラルダ。数百年前に滅んでしまったこの世で最も高貴な種である——魔族の子孫だよ」

記憶の底から浮上したどす黒い感情に身を任せ、ノーディス・ベラルダと名乗った男を殺すべきだと本能が訴える。

心臓は激しく脈を打ち、『早く』と急き立てている。

けれど、それを理性で抑え、思い留まる。

男が現れた時、一瞬で魔法を発動したので辺りには氷が満ちている。

普通に考えるならば、ここは俺の独壇場《どくだんじょう》。

しかし、俺は攻撃しなかった。

それは、あの男の纏《まと》う空気が異様だった事もあるが、それ以上にアウレールたちの反応が引っ掛かったからだ。

相手の情報を持っていない今、無策で襲い掛かるべきではない。

「意外と、冷静じゃあないか」

「……」

「てっきり、怒り狂って僕を攻撃すると思ってたんだけどな」

その言葉一つ一つが、俺の神経を逆撫でする。

不敵に笑うその様子は、まるで俺が攻撃をしても、どうにでもできると言わんばかりであった。

男の言葉を無視して、俺は口を開く。

「アウレール」

「……気を付けろ、ナハト。そいつは普通じゃない」

さっき戦ったのなら、何か知っているだろうと思って、彼女に話しかけた。

その事を分かっていると言わんばかりに、即座にアウレールが答える。

「お前と合流する前に、こいつと戦った。その時に、悪運女と一緒に殺したはずなんだ。しかし、何故かこいつは生きている」

べっとりと白衣にこびりついた血が、その通りだとありありと物語っている。

きっと、アウレールは嘘をついていない。

「こいつが生きている理由が私には分からない」

アウレールが顔を顰めながら言う。

おそらくは、先程男が口にした『魔族の子孫』というのが関係しているのだろう。

「理由なんて必要かい？　今、僕はここにいる。それ以上でもそれ以下でもないだろうに。考えるだけ時間の無駄だよ」

白衣の男はつまらなそうにそう言った。

確かに彼が言うように、この緊迫した状況において、生きている理由を議論する時間は無駄でしかない。

仮に納得できる結論が出たとしても、状況は微塵も変わらないのだし。

「しっかし、助かったよ。ナハト・ツェネグィア。キミがロディカの相手をしてくれたおかげで、随分と楽だった。本来なら、ここで殺し合いをする覚悟だったからね。いや、でも僕の手駒はキミのお仲間に処理されてしまったからおあいこか」

ノーディスはベラベラと喋り続ける。

「……どういう事だ？」

俺は困惑した。

――何故、ノーディスはロディカと殺し合う気でいたのだろうか。

彼らは味方同士ではないのだろうか。

俺の予想を覆《くつがえ》す信じられない発言であったが、ノーディスが嘘を吐いているようには見えなかった。

俺の本当の敵は一体、誰なんだ。

「どういう事って……簡単だよ。ロディカは僕が嫌いだったんだ」

ノーディスは愉快そうに言う。

ウェインライトとノスタジアが手を組んでいた事は分かっているが、こいつはどの立場の人間なのだろう。

「ノスタジアを狂わせた僕のやり方が許せなかったんだろう。彼は、真面目だからね」

「……狂わせた？」

「そうだよ。力を得たいならば、相応の代償が必要だ。当然だろう？　『聖痕』なんてものを使えるように骨を折ってやったんだ。彼の望む『燦星』に近付けてやったんだ。代償としては安いものじゃないか。それともキミは、なんの代償も払わず力を得られると思ってるのか？　キミは分かってくれるよね？」

ノーディスの視線が、俺の失われた右腕に移る。

坑道内には、明かりがついており、視界は比較的良好だ。

「僕は、僕や魔族を蔑んだ連中を殺せる。ノスタジアは『魔人』に堕《お》ちた連中を見事打ち倒し、『英雄』になる事ができる。つまり、これはそう。ウィンウィンというやつだ。十数年前から焦がれていた僕の悲願がようやく実を結ぶ――はずだったんだよ」

憎悪を露《あら》わにしながら、ノーディスは語る。

彼は何故、その連中をそこまで恨んでいるのだろうか。

ノーディスの顔は、何かに憑かれているように見えた。

「なのに、あのグズが足を引っ張り、こうして邪魔者が湧いてくる始末。本当に、嫌になるよ」

細められたノーディスの目が俺たちを射貫く。

その時、アンバーが息を呑んだ。

「……思い、出した」

アンバーがぽつりと呟く。

「どこかで、聞いた気がしてたのよね。ノーディス・ベラルダ。彼は——三十年以上前に王国を追われた錬金術師だわ」

「……三十年以上前？」

アウレールが眉根を寄せて問い掛ける。

こいつの見た目は三十代後半かそこらだ。

なのに、三十年以上前に追われた錬金術師というのはおかしい。

明らかに年齢が合わない。

「……ええ。丁度最近昔の新聞を読む事があって覚えていたの。ノーディス・ベラルダは、三十年以上前、人体実験を行った事によって、王国を追放された人間よ」

「でも……」

矛盾を指摘しようとすると、アンバーは言葉を被せてくる。

「ノーディス・ベラルダは、当時歴史書に載るほどの優秀な錬金術師だった。錬金術師として多くの魔道具を生み出した。でもある日、突然ノーディス・ベラルダは王国を追われる事になった」

輝かしい栄誉も、何もかも非道極まりない人体実験の上で成り立っていた。

それを知り、誰もが手のひらを返した事は想像に難くない。

「かつての栄誉も、そうなれば忌むべきものでしかないわ。彼の行為は非道でありながらも、確かな結果を生み出した。だから、極刑ではなく王国からの追放となった。新聞にはそう書いてあったわ」

アンバーの言う事が本当であるならば、国を追われて然るべきだ。

今のシェリアを見たら、その話が真実の可能性は極めて高いだろう。

だけれど、だけれど……そうだったとしたら、ノーディスのこの憎しみに説明がつかない。

俺は貴族の悪意を散々味わってきた人間だから、その話の裏を考えてしまった。

貴族とは、その多くが人の姿をした化け物だ。

己の欲を満たす為ならば、人を殺す事でさえ躊躇いなくやってのける。

しかし彼らは、決して自分の手は汚さない。

「僕はあいつらが願った通りの事をしてやっただけさ。自分ではない誰かの人体を使って実験をし、あいつらが望む通り悪人になった」

全く悪びれる事なく、『そんなの当然だろう？』というようにノーディスは笑う。

ただ、それはあまりに空虚な笑いだった。

「……かつての僕は愚かだった。ある貴族に救われて、その恩を返そうと錬金術師を志し、自分の全てを国に捧げていたんだ。簡単に裏切られるとも知らずに！　簡単には死ねない体質でよかったよ。僕は何故か生まれつき普通の人間より丈夫で、傷がすぐに治るから、自分さえ実験体にした。色々改造して、さらに死なない身体になったたってわけさ」

「……なる、ほどな。単純に、私たちがお前を殺しそこねただけだったか」

ノーディスの言葉に、アウレールが納得したように言う。

「自分を責める事はないいさ。腹に風穴を空けられたら、普通は生きていられない。それこそ、僕のような特異体質でもない限りねえ？」

「首を飛ばしておくべきだった」

後悔するアウレール。

仮に俺がアウレールの立場であったとしても、風穴を空けたら倒したと確信しただろう。

「どうせ僕は、人体実験を行っていた悪逆非道な錬金術師。僕だけが悪者だ！　だったら、その通りに生きてやろうと思ったのさ。次は国の為なんかじゃなく、僕をいいように使った貴族たちに、復讐する為に、『彼女』の無念を晴らす為に、僕は極悪人になると決めたんだ」

貴族は分かるが、『彼女』とは誰の事なのだろうか？

ノーディスの並々ならない憎悪には、何か複雑な理由がありそうだ。

確かに彼の話には同情する。

しかし、だからといって、彼の行為は許される事じゃない。

「彼女は白い髪に赤い瞳だった。それは、かつて人間の敵であった魔族と同じ。たったそれだけで、彼女は忌み嫌われ、理不尽な人生を歩んでいた。その姿は、気味の悪い体質を持って生まれた僕と重なった。打ち解けるのに、時間はかからなかったよ」

彼女とやらは、ノーディスにとっては大切な人のようだ。

『魔族』——最早それは、御伽噺《おとぎばなし》でしか聞かない言葉。

今から千年ほど前に滅んだ種族。

しかし、未だに人々は『魔族』に対して恐怖心を持っており、白髪で赤い目をした人間が生まれると『魔族の子孫』と差別する事があった。

白髪で赤い目は伝承に残る魔族の特徴に、一致しているからだ。

しかし、魔族と名乗る目の前のノーディスは、白髪でも赤い目でもない。

「どうせ、誰も認めてくれないんだ。彼女も戻らない。だったら、極悪人らしく生きたほうがいい。僕を貶め、彼女を傷つけた連中を、全員殺してやる。そう決めたんだ。いやあ、愚図ではあったが、ノスタジアはいい仕事をしてくれたよ。ちょっと『燦星公爵』の名前を出せば、すぐに人体実験に必要な素材を揃えてくれた。『聖痕』の力を得る事もできたしね」

「素、材」

「例えば僕が連れていた合成獣なんかは。あれ、魔物と人で作ってるんだよ。貴族共が必死に隠してるから噂にすらなってないんだけど、最近、貴族家の当主やその近しい人間たちが誘拐されたり、惨殺《ざんさつ》されたりする事件が起こってる。魔法使いの人間は色んな実験に使えるからね。もしかして、その為に使われているのかも～」

ノーディスがわざとらしく笑う。

まるで俺たちを挑発でもするように、けたけたと笑っている。

「……孤児院の、子供たちは」

睨み付けながら、シェリアがノーディスに言う。

貴族が殺された事に対しては、自分でも驚くくらい何も感じなかった。

自分の生家が含まれている可能性もあるのに。

だが、シェリア以外の他の子供たちは一体どうなったのか。

俺も、そちらが気になった。

そこまでする相手だ。

子供たちが無事である可能性はかなり低いだろう。

苦虫を噛み潰したような顔のシェリアに、かける言葉が見つからなかった。

「さあね。僕が答えてやる義理はないだろう？　でもどうしても気になるんだったら……」

そこであえてノーディスは言葉を区切る。

ザッザッと複数の足音が坑道に響き渡る。

暗闇の中から現れるシルエット。

それは、人のようでそうではなかった。

様々な魔物の特徴を得た子供の合成獣であった。

「この子たちに聞いてみたらどうかな。もしかすると、キミの望む答えが得られるかもしれないよ」

ノーディスが合成獣たちを指差して言う。

「ゆる、さない……ッ。ぜっ、たいにお前はわたしが殺す――ッ！」

子供たちを見た途端、シェリアの感情が爆発する。

身体中から魔力が溢れ出て、爆発的に身体能力が上がったようだ。

目にも止まらぬ速さで肉薄するシェリアの拳は、握り締められてノーディスを捉えている。

しかし、アウレールが突然何かに気付いたかのように、魔法を行使した。

「ッ！　そうだった。ナハト！　あの子を止めろ!!　あいつの目的はあの子だ！」

アウレールはそう叫んだ。

驚異的な速度で展開するアウレールの魔法だが、それでもシェリアには届かない。

アウレールの言う通り、俺も魔法を行使したものの、シェリアの能力は常人を遥かに凌駕していた。

スタートのタイミングが同じならばまだしも、後出しでは到底間に合わない。

先の戦闘でも、それは嫌というほど分からされた。

「――能力こそ人間離れしてるけれど、中身は子供のまま。だから、こんな見え透いた挑発に乗せられる」

ノーディスが笑いながら言うと、彼を守るように合成獣が立ち塞がる。

シェリアは一瞬、迷った素振りを見せた。

まだこの合成獣が施設の子供たちだと決まったわけではない。

しかし、ノーディスの言葉が正しかったら――？

一瞬の迷いは取り返しのつかない、致命的なミスとなった。

立ち止まったシェリアの足下に、魔法陣が浮かび上がる。

「はい、一名様ご案内」

ノーディスが言う。

力任せに放った氷がノーディスに届く前に、シェリアとノーディスは跡形もなく消えてしまった。

第三話

「……やられた」

辺りを見回して、そう呟く。

気付けば、合成獣たちも跡形もなく消えていた。

てっきりノーディスの目的は俺なのだと思っていた。だから、シェリアへの警戒を緩めてしまった。

しかし、彼の目的はシェリアだったのだ。理性を失うタイミングを待ち続けていたのだろう。

でも、どうしてアウレールはそれに気付いたのだろうか。

「……あいつは、元々あの子を探してたんだ。私たちがあいつと戦っていた時もそう言っていた。悪い。伝えそびれていた私の責任だ。これは、防げた事態だった」

「あんただけの責任じゃないわ。あの場にはあたしもいた。あたしの責任でもある」

アウレールとアンバーが悔しそうにそう口にする。

この場に残されたのは戦闘の残骸と、溢れんばかりの氷だけ。

ノーディスはどこに向かったのだろうか。

その心当たりが俺たちにはない。

ウェインライトの邸宅に向かったのか。ノスタジア公爵家に向かったのか。

はたまた、そのどちらでもないのか。

……見当がつかない。

当てずっぽうでどちらかに向かったとして、外れていたら、何もかも手遅れになる。

先程までノーディスがいた場所には、手掛かりは残っておらず、そもそも初めからノーディスはいなかったかのようだ。

思わず頭を抱えたくなった。

「……再現するって、そう言ってた」

口を開いたのはアンバーだった。

「再現？」

「そう。ノスタジア公爵家が、『魔人』を打ち倒したかつての伝承を再現するって」

「……なら、これからその再現を実行すると考えるべきか」

アンバーの言葉に俺は思案する。

『魔人』とはどういうものか俺は詳しく知らない。

けれど、シェリアは相当強かった。

あの力に、もしも理性が備わったら……果たして俺は勝てるのだろうか。

とにかく、ノーディスがシェリアを利用しようとしている事は間違いない。

問題はその再現をどこでやるのかだ。

「……最悪、三人で手分けして探すのも視野に入れるべきかもね」

俺は言う。その分、危険度は跳ね上がる。

だが、誰か一人でも辿り着けたら、どうにかなる可能性が生まれる。

「本当に、それは最悪の場合ね」

「ああ。できる限り避けるべきだ。二人であの合成獣を倒したが、一人だったらかなり危うかった」

薄々分かっていたが、ノーディスが連れていた合成獣も相当強い。

暴走したシェリアもそうだ。

ノーディスがどんな力を持っているかも分からない。

「……ノーディスの恨みは尋常じゃない。多分、やると言ったなら本当にやると思う」

俺はそう言いながら、考えた。

おそらく、この計画の為にノーディスはかなりの時間を費やしている。

その執着は並ではないだろう。

少し障害があった程度で、己の目的を変えるとは思えない。

「あいつの目的は、貴族たちだ」

「……なら、王都じゃないかしら」

俺の呟きを聞いて、アンバーが言う。

王都には、多くの貴族が出入りする王宮がある。

手っ取り早く多くを殺したいなら、確かに王都に向かうのが一番合理的だろう。

しかし――

「俺もそう思ったけど、多分、それは違うと思う。王都が目的なら、こんなに時間をかける必要はなかったから。それに王都を襲うのは骨が折れるし、合成獣や魔人との相性も悪い」

王都には多くの戦力が常駐している上、王族貴族を守る結界などが張り巡らされている。

結界は、主に魔物に反応するもので、幾ら合成獣や魔人といえど元は魔物。

避ける事はできないだろう。かなりハードルが高いのだ。

加えて、そのつもりならば、もうとうの昔に行動に移していてもおかしくない気もする。

今までずっと息を潜めて待っていた理由が、おそらくある。

確実に殺せる上、己が望む最高の結末を得られるシナリオがあるからではないか。

「確かに、ナハトの言う通りだ。だが、だとすればもうお手上げじゃないか」

アウレールの言う通りだ。

諦めかけた時、ある催《もよお》しを思い出した。

「……いや、あった。あれが行われるタイミングを待っていたんじゃないか？」

「ナハト？」

アウレールが俺の顔を覗き込む。

伝承を再現し、貴族らを殺せるタイミングが一つだけある。

「建国祭だ」

「……どういう事？」

アンバーが疑問を浮かべた。

それもそのはずで、建国祭とは王都で行われる大きな催しだ。

俺は先程王都は候補として考えられないと言った。

アンバーが疑問に思うのも当然だろう。

「……建国祭は、王都で行われる催しだけど、その前に、一部の貴族が英霊《えいれい》に黙祷《もくとう》を捧げにいくんだ。初代『燦星公爵』の慰霊碑《いれいひ》も例外ではない。公には知られていないが、神聖なその期間は、王都中の結界が解かれる」

これは一部の貴族だけが知る儀礼だ。

ツェネグィア家は曲がりなりにも建国当初より続いている貴族。

親族たちは、建国祭の前には決まって家を留守にした。

故に、俺はこの事情を知っていた。

ノスタジア公爵家にある慰霊碑に、建国祭の前には王族も黙祷を捧げに来る。

「日にちは、年によって違うんだけど、毎年絶対にやってる」

「建国祭は……あと一か月後。なら、そろそろ行っててもおかしくない」

俺の言葉を受けて、アンバーが言う。

多くの貴族を確実に殺すならば、そのタイミング以上のものはないだろう。

「ノスタジア公爵領にある慰霊碑に向かおう。場所は……俺が分かる」

親族たちが話しているのをこっそり聞いていたから、大体の場所は知っていた。

確か、ノスタジア公爵の邸宅から少し離れた、湖の側にあったはずだ。

「……確かに、ナハトの話が本当ならその可能性が高いとあたしも思う。だけど、その場合、一つ重大な問題があるわよ」

アンバーは頭上に視線を移す。

「ここから出るだけでも、時間がかかるし、ノスタジア公爵の邸宅はシャネヴァの近くとはいえ、時間が掛かりすぎるわ」

確かにアンバーの言う通りだ。ウォルフに三人乗るのは乗りすぎだし、途中で馬を拾うにせよ、現在地から向かうなら軽く三、四時間は必要だろう。これでも早めに見積もってだ。

それだけの時間があれば、ノーディスはやりたい放題する事だろう。

しかし、俺にはとっておきの秘策があった。

「大丈夫」

「大丈夫って、あんたねえ……」

「移動手段に関しては、とっておきがあるから」

「……は？」

困惑するアンバーを横目に、俺は魔法を発動する。

ぱきり、と音がした。

辺りに満ちていた氷が、好き放題伸びてゆき、あるものの形を作ってゆく。

やがて、圧倒的な物量で造り上げたそれを前に、アンバーは言葉を失っていた。

口角がひくひくと痙攣《けいれん》している。

翼を持った、生物最強の呼び声の高いその生き物を、人は竜と呼ぶ。

アウレールは以前も一度この魔法を見ているからそれほど驚いていないようだ。

「……ちょっと目立つけど、今はそんな事言ってらんないよね」

造り上げた氷竜と、己が同化している事を確認する。

移動手段として使った事はほとんどないが、今はそんな事を言っている場合ではない。

「これでノスタジア公爵領まで移動する！」

そう告げる俺であったが、何故かアウレールやアンバーの反応は鈍かった。

「確かに、これならすぐに着くだろうが、本当にいいのか、ナハト」

「何が？」

「もし仮に上手くいったら、それは貴族を助ける事になるんだぞ」

アウレールの指摘を受けて、俺の身体は固まってしまった。

「お前も毛嫌いしている、あの貴族をだ」

アウレールが念を押す。

中には罪のない善良な貴族もいるのだろう。

だが、俺たちの知る貴族とは下劣極まりない人間ばかり。

復讐する為に、ノーディスが貴族を殺そうとしている。それは、俺にとってむしろ歓迎すべき事ではないのか。

なのに何故、助けようとしている？

アウレールに指摘されて、気付く。

「……何より、助けたらこの前の出来事が世間に広まる。あれがお前の仕業だという事もバレるだろう」

この前の出来事とは、ツェネグィア領で奴隷館ごと氷漬けにした件だろう。

確かにそれはまずい。

アンバーもなんとも言えない表情を浮かべていた。

「それに、失踪した子供が生きてる確率は極めて低いだろう」

アウレールが続ける。

ノーディスは、人殺しに躊躇いがない。

彼の良心には期待できない。己の目的を果たす為ならばどんな犠牲であっても肯定してしまえる精神の持ち主である。

もう既に、助けようがない状態に陥っている可能性は極めて高かった。

「見捨てるのは心苦しいが、もう私たちは介入すべきではない」

アウレールが苦々しい顔で言う。

助けられるなら助けてやりたい。それは紛れもない本音だ。

だが、大きなリスクを抱えて、生きている可能性の低い子供を助けにいく。
それは、認められない。アウレールは、そう言いたいのだろう。
決して、間違いではない。
これ以上ないほど、正しいと思う。
「……そう、だね。うん。俺も、そう思う」
だから、一度は肯定した。
俺の決断が揺らぐと思っているのか、アンバーはずっと口を閉ざしていた。
「アウレールの言う通り、子供たちはもう助けられない可能性のほうが高い——でも」
あえて、俺はここで言葉を止めた。
思い起こされる己の発言。
『もう、大丈夫。俺が、君を止めるから。約束だ』
俺は彼女と約束したんだ。
生き抜けばきっと今よりも幸せと思える日が来ると、俺は彼女にそう伝えた。
他でもない、俺と似た少女——シェリアに。
だから——
「でも、あの子はまだ助けられる」

「……ナハト」

俺はアウレールの目をまっすぐに見て、そう言った。

俺がここにいる理由はそもそも、ノスタジア公爵家をどうにかする為であった。

アウレールを狙っていた元凶を探す目的でシャネヴァに向かった。

それは、今も変わらない。

彼らが目的を果たしたからと言って、それは解決しない。

状況が悪化しない確証があるのだろうか。

今できるのなら、叩いておくべきではないだろうか。

そう、己を強引に納得させて言葉を続ける。

「俺は助けたい……あの子、俺とよく似てるんだ」

「……」

俺は一度あの子に手を差し伸べた。

なのに、俺の都合で手を振り解いたら、貴族と同類になるような気がして嫌だった。

「……あくまで、あの子を救う為か」

「うん。正直、貴族はどうでもいい。率先して守る気はないし、冷酷だけど見捨てようと思ってる。

だけど、あの子は違う。あの子に罪はない。自分ではどうしようもない時、差し伸べられた手がどれだけ救いになったか。俺は、それをよく知ってるから」

かつて手を差し伸べてくれたアウレールを見ながらそう言うと溜息が聞こえた。

我ながら、ずるい言い方だと思った。

でも、それが俺の本音だった。

「……分かった。あの子が連れていかれた事に関しては、少なからず私にも責任がある。それに、こうなったナハトはてこでも動かないと、私が一番知ってる。どうせ、止めても行くんだろ」

そうアウレールに言われて、俺は苦笑いを浮かべる事しかできなかった。

流石に付き合いが誰よりも長いだけあって、俺の事をよく理解してくれている。

「これが終われば、逃亡生活かもな」

「アウレールと二人ならきっと楽しいよ」

「まあ、それは否定しない」

アウレールは殊更大きな溜息をもらした。

ずっと様子を窺っていたアンバーが会話に参加する。

「……本当に、いいの？」

「お前も知ってるだろ。ナハトは一度決めたら他の意見なんて聞きやしない」

「聞くくらいはするよ」

アウレールの言葉に思わず言い返した。

「でも、曲げる気はないだろ。というか、曲げたためしがない気がするが」

「……ぅ」

言われてみれば、確かにそうだった。

一度こうと決めたら、意見を聞きはするが、決定した事を翻《ひるがえ》した事はない気がする。

「それに、ナハトの言う通りだ。あの子に罪はない」

俺たちが助けずして、誰が助けられるのか。

「考えてみれば、これはノスタジアをどうにかする絶好の機会でもある」

アウレールが言うように、悪い事ばかりではない。

ここでノスタジアをどうにかできるかもしれないのだ。それは、元々望んでいた展開でもある。

「何より、お前だってケジメをつけたいだろうしな」

「そうだね」

「……お前の人生を潰したノスタジアとノーディスとやらに魔法の才能を見せつけてやればいい」

「それはまぁ、二の次でいいかな」

言われてみればそうだった。

俺にとって優先度が低かったから、完全に意識の外になっていた。

アウレールの今後の安全と、シェリアの安否だけで頭がいっぱいいっぱいだったから。

「二の次でいいって、お前なあ」

「恨みがないと言えば嘘になるし、利用された事について怒りはあるけど、今更過去がなくなるわけでもないしね」

ここまで冷静な理由は、ノーディスが俺と同じように貴族から利用されていたと知ったからかもしれない。

「そうと決まれば行こうか。今から行けば、きっとまだ間に合う」

ウォルフは真っ先に氷竜に乗ったが、アウレールとアンバーはまだためらっている。

だから、笑いながら二人に両手を差し出す。

「……お人好しね」

「アンバーには言われたくないよ。アンバーのほうが、俺よりずっとお人好しだからね」

「そのせいで不幸に拍車が掛かってるしな」

「……うっさいわよ」

照れているのか、アウレールに反論するアンバーにはいつものキレがなかった。

第七章　空飛ぶ氷竜

第一話

「うわっ」

「凄いわね……」

アウレールとアンバーが乗った事を確認したあと、試しに竜を動かしてみた。

二人は氷竜にしがみつき、それぞれそんな事を言っていた。

本物ではないが、大きさは竜と遜色《そんしょく》がない。

このサイズの竜は、ほとんどお目にかかる事ができないものだ。

竜騎士と呼ばれ、大きな竜を使役している者もいるが、それはひと握りの人間のみ。

竜と言われるものの多くが、ワイバーンという小さな竜に分類される騎獣を指している。

さらに大きな竜は卵から育てなければ、背中に乗せてくれない。

これほど迫力のある飛行生物に乗る機会というのは、貴族でもない限り、人生に一度あるかないかだろう。

だから、二人は驚いていた。

「一応、気を遣うけど、急ぐから振り落とされないようにしてね」

そうアウレールたちに声をかける。

俺は、右の手を竜の氷の身体に同化させているので振り落とされる心配はない。

だが、それは術者であると同時に、俺の身体が氷そのものだからできるのだ。

「アウレールは、ウォルフの事よろしく」

氷にかぶりつく事で振り落とされないようにしているウォルフだが、廃坑を出る為には、垂直に上昇する必要がある。

瓦礫にぶつかったら揺れるだろうし、大丈夫だろうか。

「任せておけ」

アウレールが、がしりとウォルフの前足を掴んだ。

ほんの一瞬、背後を確認したら、ウォルフが『え？　それだけ？』と言わんばかりの表情をしていたようにも見えたが、おそらく気のせいだろう。

アウレールならなんとかしてくれるはずだ。多分。

「あと、アンバーは俺の隣に来てもらってもいい？」

「別に構わないけれど、どうして？」

「ノスタジア公爵邸まで道案内してほしいんだ」

「……あぁ、そういう」

何故かアンバーががっかりしているような気がするが、気に障る事でも言っただろうか？

「でも、その……慰霊碑だったかしら。あたしはその場所を知らないわよ？」

「うん。だから公爵邸までで大丈夫だよ」

「分かったわ」

大きな湖なんて空から見ればすぐ分かる。

ノスタジア公爵邸まで辿り着ければ、あとはなんとかなるだろう。

全員の準備が完了した事を見計らい、俺は氷竜の角度を変えながら、本格的に飛び立った。

氷竜の翼が壁を削りながら上へ上へと飛び上がる。

それによって、落石が生じ始めた。

だが、氷竜を動かす事で俺は手一杯。落石の対処もできるほど余裕はない。

しかし、直撃スレスレのところで落石があらぬ方向へ移動した。

「ナハトは操縦に集中して。落石程度なら、あたしが排除するから」

「たす、かる……！」

アンバーがいてくれて助かった。それにしても、もう少し小さく造るべきだったか。

いや、小さすぎるとウォルフが乗れないし……きっとこれでよかったんだ。

翼で廃坑の壁を削り、天井はアウレールとアンバーの魔法で破壊しながら上昇を続け、やがて光が見えた。

「皆、振り落とされないように気を付けてね。今から、強行突破するから」

そう声をかける。

このまま天井を突き抜ける。

どうせ、この廃坑は証拠として残していても、既に死んだウェインライトに罪が着せられるだけ。

だったらいっそ、壊しても問題はないだろう。もうどうにでもなってしまえ。

破壊する事になんの躊躇いもなく、俺は決行した。

「やっちゃえ――《竜の息吹》《ドラゴンブレス》――」

そう言うと、氷竜の顎が開き、そこから氷の息吹《いぶき》を吐き出す。

力に物を言わせたそれは、魔力に保護されていない土壁程度ならば、容易に砕く。

そして、放たれた《竜の息吹》によってすっかり風通りがよくなった廃坑から、一気に抜け出した。

辺りは夕方になっており、あと数時間で日が暮れそうだった。

数時間ぶりの外気が肌を撫でる。

「――ナハト。そこを、真っ直ぐよ」

垂直から、水平へ。

アンバーが指を差した方向に行く。

垂直上昇の際に振り落とされないように咄嗟に手を回したのだろう、いつの間にやら、アンバーの腕が俺の腰に回っていた。

距離が近く、声がすぐ耳元で聞こえる。

聴覚や触覚が普段よりも敏感になっている気がする。

集中していたから気付かなかったが、回された腕の温度や息遣いを今になって意識した。

性別の違いを考えれば、動揺するのが普通なのだろう。

でも、俺は真っ先に『懐かしい』と思ってしまった。

彼女の看病をしていた時の事を思い出したのだ。

思わず、笑顔になった。

「……そこ、なんでそんなに距離が近いんだ」

背後から不満そうなアウレールの声が飛んできた。

その文句は紛れもなくアンバーに向けられていた。

道案内の役目をまかされたとはいえ、確かにここまで近付く必要はない。

振り落とされない為だったとしても、現在飛行は安定しており、既にその必要はなくなっていた。

「ん？　何か不味かったかしら？　別にこのくらいなら昔もしてたと思うけれど」

「……だとしても、今近距離でいる必要はないだろ。それに、あの頃とは年齢が違うんだ」

とぼけるアンバーと不機嫌そうなアウレール。

アンバーにとって俺は、おそらく出来の悪い弟のようなものに違いない。

おぶってもらった事もあるし、奴隷と主人の関係だが、怒られたり、慰められたり……

遊び疲れて、気付いたら一緒に寝ていた事もあった。

だけど確かに、アウレールの言うように距離感が昔のままなのは若干しんどい部分もあった。

だから、アウレールの発言は助かる。

しかし、アンバーはにやりと意地の悪い笑みを浮かべた。

「……ふぅん？」

短くない付き合いだからこそ分かる。

これは、面白い玩具《おもちゃ》を見つけた時に浮かべるやつだ。

大方アウレールに嫌がらせできると喜んでいるのだろう。

アウレールの注意は、火に油を注ぐ事になってしまったようである。

「ぐえ」

思わず、潰れた蛙のような声が出た。

気付いたら、抱きしめられていたので、慌てて振りほどこうとする。

しかし流石に冒険者。

アンバーの力は華奢な貴族令嬢なんて比べ物にならないくらい強――

「ナハト。今変な事考えてない？」

「か、考えてません」

「そうよねえ？　あぁ、そうそう。ずっと氷まみれのところにいたから寒かったでしょう？　あたしが特別に暖めてあげるわ」

「いや、ぶっちゃけ俺は氷に慣れてるから寒さは感じないというか」

「うるさい。この口閉じときなさい」

アンバーの言う事は理不尽極まりなかった。

「……何を考えているのか知らないが、私はただ、頭の悪い痴女に見えるからやめろと言いたかっただけなんだがな」

「よし、あんただけは絶対あとでぶん殴る。覚悟しときなさい？」

二人の仲の悪さは相変わらずであった。

同時に、苦しさからも解放された。揶揄《からか》い甲斐《がい》がないと分かるや否や、途端にアンバーは俺から離れた。

「ちぇ、つまんないわね……ところで、どうする気なの？」

「どうするって？」

「まず間違いなく、ノーディス・ベラルダとは戦う事になるでしょうね。そして、合成獣や魔人。ノスタジア公爵とも戦う事になるかもしれない」

きりがないと、そう言いたいのだろう。

その意見には同意する。

「あの子を助けて退散するとしても、これは分の悪い賭けでしかないわ」

「まあそうなるね」

「そうなるねって、あんたねえ。作戦くらい考えなさいよ」

緊張感のない俺に、アンバーは呆れる。

でも、こればかりは仕方がない。

優位に働くよう作戦を立てるとしても、時間が圧倒的に足りない。

時間を消費すればするほど、シェリアを助けられなくなる。

万全を期すべきなのだろうが、今は時間が惜しい。

リスクを取らざるを得ない状況だった。

「だって、助けるにはそれしか方法がないんだから」

俺は言う。

他の選択肢がないのだ。だから、そうする他ない。

泣き言を言っても、ヒーローは助けてくれないと、俺はよく知っている。

ヒーローが助けにきてくれなくて、死んでいった人間はどれだけいるのか。

地獄に落とされた人間がどれだけいるのか。変えたいと願うなら、自分で動くしかない。

それしかないのだ。

「……それは、そうなんだけど」

今俺が考えているのは、シェリアを助ける事のみであった。

孤児院の子供を助けたいと言ったばっかりに、俺たちを巻き込んでしまった。

アンバーは、そう思ってしまったのかもしれない。

ふと見ると、彼女は申し訳なさそうな表情をしていた。

助けにいく理由の一つは、アンバーがそれを求めているからでもある。

でも、最大の理由は違った。俺はもうあの少女に情が湧いているのだ。

自分がそうしたいから、そうしている。これは俺のエゴだ。

だから、アンバーが気にする必要など何もなかった。

「……造り物とはいえ、流石に竜と言うべきなのかしら。とんでもなく速いわね」

気持ちを切り替えようと考えたのか、アンバーが話題を変える。

馬なら数十分掛かる距離を、僅か数秒で飛んでゆく。

目まぐるしく移り変わる景色。

森や敵など、地上にある障害物は、空には存在しない。

「ところで、ナハト。アウレール」

「んー？」

「……なんだ」

「これが無事に終わったら、二人ともどうするつもりなのよ」

アンバーが俺たちに問い掛ける。

シャネヴァにやってきた目的を達成したあと。

言われてみれば、考えたこともなかった。

今を生きる事に必死すぎて、目の前の目的以外考えた事がなかった。

「……世界を見て回るとか、してみたいかな」

咄嗟に出てきた言葉がそれだった。

力を得てからシャネヴァやエルフの里に行ったが、それまではずっとツェネグィア領から出た事がなくて、この世界には俺の知らない事が沢山ある。

新しい発見も、これからいっぱいあるだろう。

それを、アウレールたちと一緒にできたら楽しい気がして、気付いたら俺はそんな事を口にしていた。

「悪くないな」

「……あんた、そういうのには興味ないのかと思っていたけど」

アウレールとアンバーが言う。

「昔は昔。今は今だ。それに、全く興味がなかったわけじゃない。ああ言ったのは、単に絡まれるのが面倒臭かっただけだ」

「……あーそう。やっぱりそうなのね。あたしが出ていく時、あえて誘わなかったのは、若干そんな気がしてたからよ。あの頃のあんた、臆病が服着て歩いてるようなヤツだったもの」

「ほっとけ」

アンバーが言う。やや不本意だが、間違っていないので言い返せない。

「お前はどうするつもりだ。こちらに聞くだけ聞いて自分は答えない、なんて事をする気はないだろう？」

「……あたしは当分、シャネヴァにいるわよ」

アンバーは故郷から離れないと言う。

「リザは今や孤児院の院長を引き継いでる。本当はそれを手伝ってあげたかったけど、あたしってほら、この体質だし向いてない」

アンバーが孤児院の院長をやってる姿は――申し訳ないが、イメージできなかった。

教会のシスター……もやはり似合わない。

いや、これぱかりは似合う似合わないの問題ではなく、本人の意思を尊重するべきだ……

そんな事を考えていたら、アウレールがとんでもない爆弾を投下した。

「全く似合ってないし、向いてないな」

「ア、アウレール!?」

折角俺が心に留めておいたのに、アウレールは躊躇いなく本音を口にした。

俺が慌ててアウレールを見ると、アンバーが言った。

「いいのよ、ナハト。あたしが一番分かってるから。でも、受けた恩は返しておきたいじゃない？だから、しばらくはここで冒険者をしようって思うわ」

アンバーは稼いだお金の一部を寄付していると聞いた。

それを続けるのだろう。

「そっか」

俺は微笑みながらそう言った。

もしよかったらアンバーも一緒に行こう。

その言葉が喉元まで出かかったが、無理強いはできない。

「うん。いいと思う。アンバーらしくて、いいと思うよ」

彼女が義理堅い人だと知っているから、本心からそう言った。

そうして話している間に、敵の本陣の近くまで辿り着いていた。

「ナハト。もうすぐ、ノスタジア公爵邸に着くわよ」

「……その近くにさ、湖は見える？」

「湖？　湖、湖っと……」

アンバーが目を凝《こ》らして湖を探す。かなり上空にいるので、見つけづらい。

「ある。北東の方角だ。そこに、それなりの大きさの湖が見える」

一際大きな声でアウレールがそう言った。

「ついでに言うと、お前が言っていたような石碑もあるな」

「……あんた、一体どんな視力してんのよ」

「エルフは多少目がいいんだ」

多少どころではない気はしたが、石碑があると聞いて安堵した。

事前に聞いていたとはいえ、実際に自分で見たわけではなくて、本当にあるのか不安だった。

「じゃあ、そっちに向かって」

そう言いながら、氷竜を北東へ方向転換させる。

もう既に儀式が始まっていて、貴族が集まっている可能性もある。

気付かれないように、少し離れた場所に着地するか。

はたまた、氷竜の上から仕掛けるか。

戦うのであれば、間違いなく後者のほうが俺たちに有利だが、俺たちの目的はシェリアを助け出す事だ。上空にいては、それはかなり難しくなる。どうするべきか。

悩んでいる間にも時は経過してゆき、結論を下そうとした時、声が聞こえた。

それは、アンバーでもアウレールでもない。しかしながら、聞き覚えのある声だった。

「――まさかまさか。ここまでついてくるとは思わなかったよ」

さも当たり前のように宙に浮かぶ白衣の男、ノーディス・ベラルダは笑っていた。

その背後には空を飛ぶ合成獣たちがいる。

驚愕しているようだが、それは俺たちがここにいる事についてか。

それとも、移動手段の事を言っているのか。

シェリアを助ける為にここまでしている事についてか。もしくは、その全てか。

「こんなところに飛び込んでくるなんて……慢心が過ぎないかい。魔法が使えるようになって、自信がついたのかなぁ？」

ノーディスは嘲笑《ちょうしょう》した。

合成獣の荒い息遣いが、ここまで聞こえてくる。

「ちっ、空を飛べるなんて聞いてないぞ」

舌打ちし、そうもらすアウレール。

彼女の言う通り、これは予想外だった。

空を飛ぶ事で得られると思っていた優位は、早々に消えてしまった。

「……あの子はどこ？」

「さあ。どこだろうね」

アンバーの問いにノーディスが答える。

シェリアは空を飛べないと思うし、『再現』には準備がかかりそうだ。

この付近には、まずいないだろう。

「あの子を心配する前に、自分の身を心配したほうがいい気がするけどね。果たしてこいつらに勝てるのかい？」

ノーディスがニヤリと笑いながら言う。

数は、数十だろうか。空中に合成獣たちがウヨウヨ浮かんでいる。

「それがどうしたの？　悪いけど、今は合成獣《こんなもの》に構ってあげる暇はないんだ。雑魚《ざこ》に用はないんだよ」

「へ、え。随分と大口を……」

それ以上、ノーディスが言葉を紡ぐ事はなかった。

俺は魔法を発動する。現れたのは、白銀の波紋《はもん》。

貫く事に特化した氷の槍が、次々に波紋から現れてはノーディスたちに狙いを定める。

同時に、開いた氷竜の顎から、キィンという音が響く。

シェリアからもらった膨大な魔力。派手に魔法をぶっぱなせる広大な空。

この条件であれば、俺は誰が相手であっても負ける気はしなかった。

浮かべた氷刃の群れと溜めに溜めた《竜の息吹》。

「大口なんかじゃない。俺はただ、事実を言っただけだよ、ノーディス・ベラルダ」

笑顔でそう言う。

過剰としか言いようがない攻撃を前に、ノーディスは何かを言おうとしていたが、律儀に待ってやる理由はなかった。

だから、ゴミを払うように左の手を振るう。直後、耳をつんざく轟音が響いた。

第二話

立ちのぼる氷霧。

鋼《はがね》の刃すら通さないであろう合成獣の鉄肌は破壊され、ノーディスと共に落下してゆく。

あの程度でやられるようなヤツではないはずだ。

氷竜の高度を落とし、俺たちもノーディスが落ちた森の中に着陸した。

湖までは少し距離がある。

大量の合成獣が落ちた場所では、氷の霧が充満している。

俺は霧の中にいる人影に注意を向ける。

少なからずダメージを負った事だろう。

だが、俺の直感がノーディスはまだそこにいると告げている。

そして、その予感は正しかった。声が聞こえる。

「……あハァ」

先の攻撃によって口が裂けており発音がおかしかったが、それは紛れもなくノーディスのものだった。

霧が晴れ、目にした光景。

不気味極まりないノーディスの哄笑《こうしょう》と、思わず目を疑うような状況に、顔が歪む。

「……とてもじゃないけど、同じ人間とは思えないわね」

「そうだね……」

アンバーの言葉に同意する。

「普通の人間なら、間違いなく致命傷。でも、生きている。それも、とんでもない速度で再生してる」

基本的に感情を顔に出さないアウレールも、これには動揺を隠し切れておらず、声が若干震えていた。

みしり、ぼき、ばき、と不快な音と共に、傷だらけであったノーディスの身体が、急速に元通りになってゆく。

……なるほど。

実際にこうして見るまでは半信半疑だったが、アウレールたちが殺したはずだと思ってしまうのにも頷ける。

ここまでの再生能力が人間に備わっているとは、普通は思わない。

少なくとも、同じ人間と思いたくない。

ここまでとなると、頭を切り落としても無意味な気すらしてしまう。

しかし、超人的な再生能力だとしても、再生するのにかなり消耗するだろう。

全くのノーダメージではないと信じたい。

「……魔族の、子孫」

「そ、う。僕は、魔族の子孫だ。だから、その程度の攻撃は効かないんだよねえ？　それと、魔族の子孫が白髪で赤い目をしているなんて出鱈目だよ。僕はこんな見た目だしね」

回復を終えたノーディスが、声を弾ませる。

驚異的な再生力に気を取られてしまっていた。

決して容赦したわけでなく、殺す気で放った攻撃。

治った傷は見せかけではないのだというように、ノーディスが歩いてくる。

「ナハ――」

「大丈夫。気付いてる」

臨戦態勢に入ったノーディスに気付き、アウレールが声をかけてくれる。

俺は言葉を被せながら、右手の竜との同化を解き、身を守るようにそのまま前に突き出した。

直後、響く金属音。

ノーディスの剣を腕で受け止める。

「……どこにしまってたんだよ、そんなもん……!!」

身体のどこにも剣など下げていなかったはずなのに、何故、彼の手に今、剣があるのだろうか。

この手応え。

近くにたまたま剣があったから咄嗟に手にしたにしては、あまりに動きが冴えすぎている。

ノーディスの剣術は決して見せかけではない。

そう認識し、警戒心を一気に強める。それと同時、風切り音が耳を掠めた。

次は……蹴りか。それも上段……ッ!

「ッ!」

身体を翻して回避する。

紙一重で避ける事はできたものの、蹴りが掠った髪が切れ、はらりと宙に舞った。

横目でノーディスの位置を確認し、回避した勢いを利用して強く踏み込む。

俺の速度は肉眼で辛うじて追えるレベルのものであり、アウレールたちが息を呑んでいるのが見えた。

構う事なく、俺は蹴りを放つ。

鋭利な刃物を持たずとも、洗練された武技は、時に武器にも勝る一撃となる。

ノーディスも、それは理解しているだろう。

俺だって拳での戦いは、師に嫌というほど叩き込まれてきた。

「そ、らッ」

「ガッ……」

みしり。足に伝わる確かな感触。

ノーディスの腹部に完全に入った。見なくても分かる。

ダメ押しとばかりに、即座に次の蹴りを繰り出す。

防御する間もなく、一方的にノーディスを蹴り飛ばせるかに思えた。

しかし、足に感触が伝わる前に、俺の腹部に何かが叩き込まれる痛みがあった。

「……っ、ぃ」

大きさからして、人の手足などではない。

もっと大きい、何か。

口から血を吐き出し、俺は後方へ飛ばされた。

「身体能力が並外れてると思ったら、そんな事もできるのかよ……人間をやめてるな」

「……それは、褒め言葉だねえ?」

ノーディスの背中から飛び出しうねるそれは、かつてシェリアと戦った際に見た触手だった。

触手は、左右に四本ずつ。

先端はまるで生き物のように、鋭利な牙がついていた。

「気を付けろ、ナハト。あれは人間じゃない。怪物の成り損ないだ。容赦するなよ」

「……本当だね。ありがとう、気を付けるよ」

手を下すことを躊躇うなと忠告するアウレールに、俺も同意する。

「……あの子が使ってた触手か」

「そうだよ。可愛いだろう？」

ノーディスが触手を見ながら微笑む。

不幸中の幸いだ。

あれを扱うシェリアと一度戦っているから、動きをイメージできる。

しかし、戦う事以外に不安があった。

「……なんであんたが、それを使えるんだ」

嫌な予感がする。

「シェリアが使っていたものを、僕が使っているから？　どうして僕には使えないと思ったんだい」

「……元から使えたなら、アウレールたちにと戦った時に使ってるはずだろ」

ノーディスが言っている事は、易々とは信じられない。

廃坑ではこんな形態を見せる様子はなかったし、ここまで出し惜しみしていたのは不自然だ。

如何に驚異的な再生力があろうとも、ノーディスが絶対に死なないとは限らない。

命を危機に晒してまで、手を抜く性格とも思えない。

俺たちと別れたあとで得たと考えるのが妥当だろう。

シェリアに何かあったのかもしれない……

「……アウレール。アンバー」

「一人で大丈夫か」

俺の言わんとする事を理解したアウレールが尋ねてくる。

だから、苦笑いを返しておいた。

これは、大丈夫か大丈夫じゃないかではない。

やるしかない。

「多分、そっちのほうが外れくじな気がする。気を付けてね」

アウレールたちを見つめ、俺はそう言った。

シェリアの暴走の可能性やノスタジア公爵の存在もある。

どちらの選択肢も危険である事には変わりない。

「どうだろうな」

それだけ言うと、アウレールとアンバーは湖の方向に駆けていった。

「……そのまま行かせるんだ」

てっきり邪魔が入るものとばかり思っていた俺は、そう呟く。

「構わないよ。キミを殺してから追えば済む話じゃあないか。それに、三対一じゃ分が悪い。邪魔をする理由なんてないだろう？」

確かにそうかもしれないが、今はシェリアが心配だ。

この判断は間違っていなかった。

「そんなわけで、さっさと死んでくれるとこちらとしては大助かりなんだけどねえ……！」

そう言うノーディスの足下に、巨大な魔法陣が現れた。

魔法陣は眩いほどの光を纏っている。

さらに、ノーディスの身体には大きな紋章が浮かび上がっていた。

その時、ある事を確信した。

あの紋章は、おそらく『聖痕』だ。

魔物やシェリアにもあったから、『聖痕』の力を無理矢理与える為に、この紋章を刻む必要があるのだろう。

「……『聖痕』」

考えているうち、無意識に言葉をもらしてしまう。

「そう。これが『聖痕』だ。『聖痕』は凄い力だよ。適性のある人間に刻めば、力を得る事ができるし、そうでないものにも膨大な魔力を付与する事ができる。『聖痕』の力を利用して、合成獣を作る事が可能になった。おかげで、かなり実験が捗《はかど》ったよ。シェリアは『聖痕』の適性がある唯一の子供だった。もっともウェインライトは、暴走を繰り返していたシェリアを失敗作と思っていたけどね」

なんともない様子で言葉を紡ぐノーディス。

しかし、そんなのは聞こえないほど、俺は怒りに震えていた。

それほどの非道な真似を当たり前のように行うノーディスが許せなかった。

「……あんたは、何をそんなに恨んでるんだ」

「全てだ」

ノーディスは迷うことなく、答えた。

顔は笑っていたが、声は憎しみに震えていた。

ノーディスの過去を考えたら、貴族を恨むのは当然の事だ。殺したいと憎んだ事だろう。

だが、一抹の違和感もあった。

恨みの対象が貴族だけならば、貴族を攻撃や研究の対象にすればよい。

しかし、ノーディスはなんの罪もない子供たちや、人間、社会そのものを憎悪しているような気がしたのだ。

「逆に聞くが、キミは僕があの程度の理由で、本当にここまですると思ってるのかな。貴族共に功績を奪われ、王国を追われた。その程度の事で。あれも腹立たしかったけど、そんな事よりも、もっともっと辛い事はたくさんあった」

「……辛い事？」

「『魔族の子孫』なんてクソくだらない伝承を理由に、人として扱わない人間がいる事を、キミは知っているか？『彼女』もまた、苦しみ続けてきた人間だ。それをどうにかする為に、頑張っていた時期もあった。でも、この世界から差別はなくならない」

彼の怒りに呼応するように、魔力が膨れ上がる。

「平和的な解決は不可能だ。だったら、恐怖でどうにかすればいい。簡単な話だったんだ。手始めに、有力な貴族家の当主共を殺してやれば、愚かな連中は僕の言葉に頷く他あるまい」

英雄誕生の『再現』にかこつけて、ノーディスは自分を陥れた貴族どころか、そこにいる人間全員を皆殺しにするつもりだったのだ。

そして、その先に待っているのは――恐怖による支配。

そんなもの、間違ってる。

「これは単なる虐殺じゃない。僕の復讐なんだ！　貴族だけじゃない。彼女を蔑み、馬鹿にし、傷つけた人間を全員殺してやるんだ！　この社会、世界ごとな!!」

ノーディスは笑いながら言う。

彼はあえて茶番を演じているのだろう。単なる虐殺では意味がない。

長年積もった恨みの分、できる限り残虐に人々を殺そうと考えているのだ。

だからこそ、『魔人』をノスタジア公爵と戦わせ、勝利させるかつての『再現』をあえて行おうと考えているのだろう。

『英雄』が帰ってきたと一瞬期待を持たせる事で、絶望がより色濃くなる。

歪んだノーディスの表情。

懐かしい瞳だ。

俺をストレスの捌《は》け口《ぐち》として使っていた、親族たちの目によく似ている。

羽が折れ、地べたを這いずる虫を攻撃する事に楽しみを見出しているような、ろくでなしのそれだ。

国王を始めはじめとした貴族たちがどんな顔をして死んでいくのか。

ノーディスは、それが楽しみでしかたないと言わんばかりに、笑っていた。

「……皮肉だな」

そう、呟く。

虐げられた俺が、意図的ではないにせよ、貴族を守ろうとしている。

ノーディスを見過ごせば、貴族の都合で振り回された少女が命を落とす羽目になる。

もし、神が本当にいるのだとすれば、間違いなく俺の事がとことん嫌いなのだろう。

でなければ、こんな事を強いるわけがない――

「でも、それも今更か」

微かに笑みを浮かべながら言う。

この世界は不条理で、皮肉だらけ。

そんなことは、誰に説かれるまでもなく分かっている。

俺のすべき事は決まっていた。

「悪いが、あんたの好きにさせない」

結果的に貴族を助けるという、吐き気を覚える結末になると知った上で、俺はそう口にする。

何故ならば、彼女を助けると約束したから。

「うるさいなァ！　キミがどう思おうが、邪魔をされるわけにはいかないんだよねえ！　こんな事して――」

その時、水を撒いたような音がして、鮮血がノーディスの口から溢れ出た。

ノーディスにも予想外の出来事だったのだろう。

まくし立てるように話していたのを中断して、口を押さえる。

「……『聖痕』の副作用。もう少し時間に……余裕があると思ってたんだけどな」

ノーディスが悔しげに言う。

あんな超人めいた力だ。それなりの反動があるのだろう。

過ぎた力が身を滅ぼし、命を確実に削っていると理解してなお、突き進んでいる。

「……死ぬぞ、あんた」

「……」

反射的に出た言葉だった。

その言葉を聞いたノーディスは硬直した。

そして、言ってから俺も驚いた。

何故、自分の人生を滅茶苦茶にした人間の身を、俺は案じるのだろうか。

ノーディスが死ぬ事はむしろ望むところだろう。被害者がこれ以上増えずに済む。

なのに何故俺は、彼の身を案じている……？

「油断を誘う為の嘘……ではないようだねえ」

俺以上にノーディスも動揺していた。

間違っても俺は、聖人のような人間ではない。

人を嫌う事もあれば、恨む事もある。

「……にしても、『死ぬぞ』か。それは必要ない助言だねえ。ここまでやっておいて、自分だけお咎《とが》めなしで済むとは思ってないさ」

ノーディスは寂しそうに呟いた。

誰かから恨まれる事も。殺されるかもしれない事も。

命を落とす事も。何も、返ってこない事も。

彼は何もかも承知の上でやっているのだ。

「どんな事をしても、彼女のような人間がいた事実は消えない。歴史は繰り返す。たとえ、今この世界を変えられなくても、今日の出来事は、忘れられない記憶として焼き付けられる。それが僕なりの、弔《とむら》いだ」

「……あんたは間違ってる」

俺はノーディスを見据えて言った。

ノーディスが言う『彼女』は、『魔族の子孫』として迫害を受け続けたという。

それを側で見ていた彼の心は大きく歪み、迫害が起きている現状に関心を示さず、呑気に生きる無害な人間すら許せなくなったのかもしれない。

だから、なんの躊躇いもなく人体実験を行ったのだろう。

己が望んでやまなかった平穏を、当たり前のように享受している者が、どうしようも憎かったから。

「ハッ、間違っていたらなんだ！　正しさが人を満たしてくれるのか⁉　違うだろう⁉　そもそも、正しく生きようとした結果がこれなんだ！　僕だって最初は真っ当に生きようとしたさ。でも、それじゃ、誰も僕という存在を認めてくれないし、彼女も救えなかった！　……笑えるねえ。貴族を憎んできたはずのキミから、そんな事を言われるとは思わなかったよ！」

煮《に》え滾《たぎ》る憎しみをぶつけるように、ノーディスの攻撃が迫る。

縦横無尽な攻撃。

それを、どうにか躱しながら俺も反論しようとしたのだが……思うようにできなかった。

その躊躇いが致命的な隙となり、身体に重い一撃をくらう。

「……っ」

……骨が折れた感触があった。

ノーディスの言葉を信じるなら、彼は元々人体実験などせず、真っ当な研究をしていたのだろう。

しかし、後ろ盾のない庶民の研究者に、陽が当たる事はなかった。

「僕は悪党になる事にした。この国の敵になってやる事にした。状況を変える為に、全てを敵に回して……」

同情はするし、全く理解できないわけではない。

しかし、方法が最悪だった。そこに関しては、真っ向から否定する。

「……言いたい事はそれで終わりかよ？」

「あ？」

身体が痛い。でも、それを悟らせまいと俺は笑う。

不敵に笑いながら、言葉を返す。彼の言い分は、少しだけ正しい。

もう、それしか残されていなかった彼に、他にできる事があったのか。

俺には分からない。

「道を踏み外した先に待っているのは、暗い未来だけだ」

迫り来る攻撃を予測し、躱しながら、俺は呟く。

慰めの言葉など、なんの救いにもならない。謝罪もそうだ。

心に淀んだ積年の恨みの分だけ、響かなくなる。

そんな事は分かっていたが、俺は声をかけ続けた。

「無差別に悪意を振りまく行為が、第二第三の自分を生み出してる事に、なんで気付かないんだよ。

俺の目には、今のあんたが嫌悪してきたはずの貴族そのものに見えるよ」

「僕があいつらと同じだと言うのか……!?」

「……なら知ってるのかよ。あの子が――シェリアがどんな思いでいたのか。あんたは知ってるのかよ」

まるで、かつての俺のような慟哭をもらしていたシェリアの気持ちを、ノーディスは知っているのだろうか。

「なんの罪もない子供が、どうか殺してくれって願うんだぞ。お前がしている事は貴族たちと、何も変わらないじゃないか……!」

「……なら、キミはそのままでいればよかったと言うのか？　言葉を尽くせば、いつかは分かってくれるとでも？　辛抱を続けていれば、いつかは報われる？　あの貴族どもが、なんの代償もなく考えを改めると、本気で思っているのか？」

平和というぬるま湯に浸かってきた人間は、痛い目を見なければ何も変わらない。

トラウマを刻み付けなければ、変えられない。

「こうするしかなかった」

そう言うノーディスの考えを、理解できてしまったから、即座に否定する事ができなかった。

ノーディスの考えは、どう足掻いても変えられないのだと思い知らされる。

「あん、たは――」

なんとか、彼を納得させられないかと、言葉を探す。

他にいい方法があったのではないのかと思わずにはいられない。

しかし、突如として視界にあるものが映り込み、俺は硬直してしまう。

「これ以外に貴族や社会を変える方法なんてないんだよ、ナハト・ツェネグィア」

ノーディスは仄暗い光を湛えた瞳で俺を見据え、そう口にした。

思わず、顔が引き攣る。ノーディスの言葉が理解できなかったからではない。

彼の背後に現れた存在が、異様だったからだ。

「もし貴族たちに少しでも良心があるのならば、僕に人体実験なんてさせなかったはずだ」

徐々に近づいてくる足音。

それは俺たちのものでも、ノーディスのものでもない。

「もし彼らが良心を持っていたならば……僕はこんな化け物を生み出す事なんてなかったんだよ」

ノーディスが笑いながら、振り向く。

「僕の行動は間違いだらけだ。けれど、キミは大きな勘違いをしてる。そもそもこの世界が間違っているのだから、正しいもクソもないんだよ。あるのはただ、自分の正義だけだ」

ノーディスの正義の結果が、眼前の景色なのだろうか。

彼の背後にいる化け物。
見た目は限りなく合成獣に近いものの、その様子は明らかにおかしい。
どうにか原型をとどめており、ぎりぎり実験体が人間と分かる。
身体にはボロ切れがついていて、分かりづらいが貴族服のようだ。
そして、その服の持ち主が誰であるのか、俺にはすぐに分かった。
服に刺繍された家紋。
それによく似た紋章を、昨日今日で十数回と目にしたから。
これが、『聖痕』に適性のない人間の末路なのだろう。
「……憐れだね」
こいつを見たら、もっと憎しみがこみ上げてくるものだと思っていた。
少なくとも俺は、それだけの仕打ちをされてきたのだから。
なのに出てきたのは、これまで積もり積もった憎悪ではなく、憐憫《れんびん》の一言。
ただそれだけだった。
俺の言葉が聞こえたのか、呻き声を上げて、化け物が肉薄する。
経験も技も関係ないと言わんばかりの、本能による一撃。まるで獣の一撃である。
俺は氷でそれを苦もなく防いだ。単調な攻撃故、不意打ちにもかかわらず対処できた。

エルフの里で培った、魔物たちとの戦闘経験。

そのおかげで、本能のままに繰り出される攻撃を回避するのは容易い。

「……シェヴァル・ノスタジア」

化け物と向き合い、名を呼ぶ。

距離が縮められた事で、荒い息遣いが聞こえる。

「ウラ……ヤマシぃ。チカラが欲シ……イ。兄上と同ジようなチカラが……」

怨嗟の呻き声も聞こえる。

紡がれる言葉は、兄への羨望。劣等感。渇望。

それらは、大貴族の当主とは思えないものだった。

『燦星』という重荷に対する嘆きが感じられた。

だからこそ、シェヴァルはノーディスに利用されたのだろう。

その姿は、とても憐れに見えた。

「実を言うと、昔はあんたに憧れていた時もあったんだ」

そう、口にする。

誰に打ち明けた事もない、俺だけが知る過去の気持ち。

きっと笑われるだろうが、現ノスタジア公爵家当主であるシェヴァル・ノスタジアに、俺は憧れていた時期があった。

「魔法が使えないから、剣の達人であるあんたを尊敬していた」

明らかに正気を失っている彼に、俺の言葉は届いてはいないだろう。

憎悪が俺に向けられている。

身体能力と魔力量は、人や魔物を遥かに超えている。

けれど、全くもって怖くなかった。

捻りのない攻撃は、全て簡単に防げてしまう。

「あんたのように、剣を使えるようになりたいと思ったんだ」

俺は、自嘲気味に言う。

魔法の才がないのなら、別の才能を見つければいい。

そうすれば、親族も俺の事を認めてくれるかもしれない。俺は、剣を学ぼうと決めた。

ノスタジア公爵家は剣の名家で、現当主であるシェヴァルは、その中でもかなりの使い手として有名だった。

「……ただ、マクダレーネにも散々言われたように、俺の剣はチャンバラにしかならなかったんだけど」

本を読んでも、師に稽古をつけてもらっても、俺が剣術を身につける事はできなかった。

どれだけ努力を重ねようと、やはり才能がないものはないのだ。

一を百にする事はできるかもしれないが、ゼロを一にする事はできなかった。

「でも、あんたは違うだろ」

シェヴァルには剣の才能があった。

兄ほどではなかったにせよ、魔法も使えたはずだ。

なのにどうして、道を外れる事を選んだのか。

かつての俺であれば、シェヴァルの気持ちを全く理解できなかっただろう。

でも、目覚めてから一年間、魔法を使いこなせるように、ひたむきに努力したから、分かる事がある。

理性を失った今、シェヴァルが腰に下げている剣はただの飾りと化しているが、その柄には何千、何万と振り抜いた形跡があった。

ボロボロの手と剣。それらが何よりの証拠。

シェヴァルは間違いなく、真っ当な努力を重ねた人間だ。

なのに、一番愚かな選択をしてしまった。

だから、責めずにはいられない。

『燦星』という名前に囚われ、多くの人間を犠牲にしたその行動に、憤りが止まらない。

彼が道を踏み外さなければ、どれだけの人間が不幸を味わずに済んだか——

——そうだ。愚かなんだ。閣下は。


「あんたは——あぁ、そういう事か」

どこからか声が聞こえ、妙に納得した。

聞こえたのは、倒したはずのリグルッド・ロディカの声だ。

彼がこの場にいるはずがない。

突如聞こえてきた声のお陰で、戦った時のロディカの行動に納得がいく。

一級騎士でありながら、あっさりと負けを認め、俺にノスタジア家の事を話した理由。

今思えば、その表情は疲れていたようにも思える。

「時間稼ぎというのも本当だったんだろう。でも、あいつが俺に無駄話をしたのは、きっと……」

ロディカは、俺の知りたかった事を勝手に教えてくれた。

それを話す事で、主《あるじ》であるシェヴァルが危険に晒されると分かっていたろうに、それでも話した。

『既に主人への忠誠心も、野望もなかった』と言っていたが、ロディカは本当は俺に、シェヴァルを止めさせたかったのではないか。

『燦星』に取り憑かれたシェヴァルを、どうにかしたかったのだ。

しかし、彼は主人に忠誠を誓った騎士である。

だから、己の手で終わらせる事はできなかった。それは騎士道に背く行為だから。

故に、代わりに俺という人間を選んだのだ。

そのために、俺にノスタジア公爵家の事を話していたのだとしたら、全て納得がいく。

そして、ノーディスを嫌っていたという事にも説明がつく。

しかし、俺は尚更分からなくなった。

案じてくれる家臣がいたというのに、何故、全てを犠牲にしてまでシェヴァルは『燦星』に拘ったのか。

「――簡単な話だよ。彼にとって、それが全てだったからだ」

笑いながら、ノーディスが言う。

まるで俺の頭の中を覗いていたのかと疑ってしまうくらい、絶妙なタイミングだった。

「真の『燦星』になる事こそが、シェヴァル・ノスタジアの全てだった。たった一つの事が、その人間の人生をめちゃくちゃにする事だってあるんだよ。そうだろう?」

「――ウア、ヴゥ」

『燦星』という言葉に反応し、化け物が言葉にならない呻き声を上げる。

次の瞬間、人間離れした身体の筋肉が、さらに大きくなった。

「う、そだろッ⁉」

膨れ上がり、ひと回り巨大になった彼の一撃は、先程までとは明らかに違う。

戸惑っていたら防御が遅れ、後方へ吹き飛ばされて木の幹と衝突した。

背中に尋常でない痛みを感じながら、なんとか立ち上がる。

どこかの内臓が壊れたか。はたまた、骨が折れたか。

血を吐き出しながら、俺は思ったままを口にする。

「……何が、『燦星』だ。何が『燦然と煌めく星』だ。その姿の何処に、民衆が希望を抱くっていうんだよ」

肥大化した身体は、人ではなく化け物だ。

苛立ちながら、挑発する。どうしようもないくらい、苛立つ。

この現状に。ノスタジアに。ノーディスに。

――何もかもに。

「くっだらねえ」

ありったけの侮蔑《ぶべつ》を込めて、俺は言い放った。

「『燦星公爵』ってのは、この国の誰もが知ってる。魔法を使えるように本を何百何千と読み漁った俺が、唯一憧れた剣の名家だ」

ノスタジア公爵家の者は、常に矢面に立ち続けた。それが、力ある者の義務だから。

誰も死なせないように、戦い続けた正真正銘の『英雄』。

それが、『燦星公爵』だ。

大戦でとてつもない功を残した当時のノスタジア公爵は、あらゆる褒賞を断り、この栄誉の呼び名だけを受け取った。

しかし、その称号が今や子孫の重石となり、そのせいで多くの犠牲が生まれた。

「『燦星公爵』の呼び名は、時間が経っても、力を失っても、決して色褪せるようなものじゃないだろ」

そう声をかける。

ただ、武力があるから認められるわけではない。その人であったから、認められたのだ。

武力なんてものは、一面でしかない。

人望。経済力。政治力。優しさ。強さには様々な種類がある。

「……俺も貴族だったから、あんたの気持ちもある程度は分かるよ」

シェヴァルが何故追い詰められてしまったのか、なんとなく想像できる。

多くの貴族から、心無い言葉を投げ掛けられたのだろう。

比べられ、劣等感を煽られたのだろう。

そのせいで自分を責めて、気が付けば、持っているものさえ分からなくなってしまったのだろう。

「でも、あんたは愚かだ。なんでそれが、『燦星公爵』への冒涜だと気付かない」

「——ッ」

化け物が再度肉薄する。

苛立ちをぶつけるように、俺に向かって拳を振り抜き、魔法を放つ。

まるで、『お前に俺の苦しみの何が分かるんだ』と言われているような気がした。

「冒涜じゃないなら、なんなんだよ。あんたが目指し、俺たちが英雄と呼んできた『燦星公爵』は、幼い子供の命を奪って！ 絶望を与えて！ 非人道的な方法で手に入れた力を振り翳すクズなのか!? そこまでして、英雄と呼ばれる事を望むのか!?」

俺も負けじと、魔法を発動する。

軋む身体に鞭を打ち、襲い来る攻撃をどうにか躱す。

「もし、かつてのノスタジア公爵がそんなヤツなら、俺は謝る。あんたが正しかったってな!! 幼い子供に殺してくれって思わせる碌でなしが子孫なんだ。あながち間違ってないかもな！」

容赦なく、魔法の連撃を繰り出す。

目に入るもの、ありとあらゆるものを凍らせ、宙に浮かんだ氷の刃は、俺の怒りの表れだ。

魔法で気をそらしたら、武術による接近戦。

叩き潰す為に、ありとあらゆる手を打つ。

こいつは、ここで必ず殺す。

俺の連撃に対し、無策で挑めばただでは済まない。

しかし、化け物が選んだ選択はあろう事か、特攻だった。

意地だと言わんばかりに、彼は前進する。

それは、俺の言葉への反抗のように思えて、苛立ちが加速した。

「違うのか……？　じゃあ、なんでそんな事したんだよ⁉」

誰かの甘言に惑わされたのか？　脅されていた？

本気でかつての『燦星公爵』になれると思っていたのだろうか？

「知らなかったで済むと思うなよ……！　なんの代償もなく、力は得られない。そんな事は、あんたが一番分かってるだろ……‼」

人並外れた剣技を習得する為、努力を重ねてきた人間だ。

何もなしに力を得られるなんて、そんな都合のいい事はないと分かっていたはずだ。

「……あんたは、俺が殺す。いや、殺さなきゃいけない」

こんなヤツを野放しにしてはいけない。

殺しはどうしようもない時だけ。アウレールには、そう忠告を受けていた。

……今が、そのどうしようもない時だ。

俺は、化け物と化したシェヴァルを殺そうとした。

その時――

「……かッ」

俺の胸を、細長い何かが貫いた。

口の端から、血が溢れ出る。

ノーディスにはウォルフが目を光らせていたし、周囲に張り巡らせた氷による警戒も、怠っていなかった。なのにどうして、今、俺は血を吐いている？

「……地中」

身体を貫いていたのは極限まで細くしたノーディスの触手だった。

刺さっている触手を辿り、地面に視線を向ける。

空中には氷があり、攻撃を察知する事ができる。魔力の流れを感じ取ることなど朝飯前だ。

だから、ノーディスは俺が気付けないぎりぎりの魔力量で、地中を介して攻撃するタイミングを、ずっと狙っていたのだろう。

「一度限りの不意打ちが決まって、本当によかった」

ノーディスがニヤリと笑う。

普段であれば、たとえ地中からの攻撃であっても気付けたはずだ。

なのに、こうして貫かれるまで気付けなかったのは、自分でも驚くくらいに熱くなっていたから。

感情を表に出し過ぎた。間違いなく、それが原因だ。

「ウォォォン!」

俺を見て、ウォルフが悲痛な声を上げる。

こんな状況でも、俺は不敵に笑う。

大丈夫。大丈夫と自分に言い聞かせる。

触手はノーディスのもとに戻り、傷口からポタリと血が滴り落ちた。

「流石は閣下。気を引いてくれて、ありがとうございます。お陰で終わりが見えてきましたよぉ」

尊敬など微塵もしていないくせに、ノーディスがわざとらしくシェヴァルを称える。

まさかこちらにシェヴァルがやってくるなんて、アウレールたちを石碑に向かわせたのは間違いだったか……

でも、それがどうした。

「……必殺の一撃が決まったくらいで、勝った気になってんじゃねぇよ」

殺し切れてもいないのに、調子に乗るんじゃねえよ。

虚勢を張り、笑う。

「仕切り直しと、いこうか」

俺のその言葉で、ノーディスとシェヴァルが後ずさる。

そこから下がれと、彼らの本能が警告したのだろう。

張り巡らされた氷。

その範囲は、みるみるうちに拡大していく。

「不思議だな。勝ち誇ってたくせに、なんで下がるんだよ。畳み掛ける場面だろ」

「……効いてないのかなあ？」

笑う俺に、ノーディスが言う。

「効いてるし、ちゃんと痛いよ」

胸を貫かれて、魔力を使い続けて、それでも闘志が消えない俺に、ノーディスの顔は引き攣っていた。

「でも、あの時よりは辛くないし、痛くない」

つぅ、と目から血がこぼれ落ちる。

割れるような頭の痛みは、身体の限界を知らせる危険信号だ。

それらの原因は明らかで、間違いなく魔力の使い過ぎであった。

「うずくまる事しかできなかったあの頃に比べれば、こんなのは大した痛みじゃない」

誰にも手を差し伸べられず、誰もが自分の敵だった。

心ない言葉を浴びせられ、暴力を振るわれ、存在を否定された。

あの頃に負った傷に比べれば、こんなものはなんでもない。

俺は、本当の痛みを知っている。

そんな地獄から救ってくれたのは、アウレールだ。彼女を殺そうとしたこいつを、俺は逃すわけにはいかない。たとえ、どれだけの代価を払う事になっても、ここで止める。

諦めるという選択肢は、存在しない。

「痛くなんて、ないんだよ……！」

先の一撃にて、俺が怯んだと思ったのか、シェヴァルが攻撃を繰り出す。

血の混ざった涙が、視界を遮る。

けれど、夜目が利かない俺にとって、見えない事は決して致命的な欠点にはならなかった。

化け物が繰り出す拳撃に対して、俺は《狂撃》で応戦した。

お互いの拳が、ぶつかり合う。

硬質な衝突音。骨が折れる事もお構いなしに、そのまま二度三度と繰り返す。

しかし、どれも決定打とはなり得なかった。

先に痺れを切らしたシェヴァルが一度距離を取り、魔法を展開する。

準備を整えるシェヴァルを、俺はあえて挑発した。

「……面白いもんだね、シェヴァル・ノスタジア。あんたは『燦星公爵』の力を得たんだろ。なのに、なんで、俺如きにそんな警戒心を抱いてるんだよ。なんで、焦ってるんだよ」

氷の魔法には特化しているが、俺は決して英雄と呼ばれる者たちに肩を並べられる実力ではない。

一方、シェヴァルは『聖痕』の力を得ている。

なのにどうして、俺を排除する事に対して、これほど焦っているのだろうか。

「ここまできて、『聖痕』の力が信じられないのか？　それとも、自分の行動に、今更疑いでも持ったのかよ……？」

答えは明白である。彼にとって今の俺の言葉は、目を背けたい事実であるからだ。

都合の悪い事から目を背ける為に、俺の口を無理矢理封じようとしている。図星なのだ。

「――隙だ」

動揺したシェヴァルに隙が生まれたのを見逃さず、俺は氷を向ける。

さらに大地を思い切り蹴り、肉薄した。

氷の攻撃によって崩れたシェヴァルの防御をかいくぐって、その内側に入る事は、あまりに容易であった。《狂撃》一発で終わってくれるとは思わないが、それでもこれは致命傷となる。

「僕の事を忘れてないかなあ……!?」

「安心しろ、忘れてないから」

蚊帳の外になっていたノーディスに、そう返す。

周囲一帯に氷を張り巡らせていたから、ノーディスが奥の手を用意している事には、気付いていた。そろそろ、辛抱できなくなってきた頃か?

「俺は氷で、氷は俺だ」

この場所に様々な仕掛けが施されている。俺にとっては、髪の毛一本と魔力を巡らせた氷は同じだ。何かが触れればすぐに分かる。

ノーディスが巧妙に隠されていた魔法を発動した。

己が優れていると信じて止まないノーディスは、気付かれないと確信していたのだろう。気付いているなら、俺が放置するはずがないと思っていたかもしれない。

まるでそこに俺が一歩踏み入れるのを待っていたかのように、見た事ない魔法が、一斉に現れる。シェヴァルを巻き込む事もお構いなしだ。

しかしノーディスとシェヴァルは利害関係で、その関係性が破綻するのは、今更驚く事ではない。

「その虚勢がいつまで持つのか、見ものだねえ……!?」

「……心配するなよ、虚勢じゃない」

俺がそう言った直後、大きな音が響いた。それは、発動した魔法が次々と壊れていく音だった。

これは、設置魔法だろうか……？

設置魔法は条件を満たした瞬間に発動する魔法で、普通の魔法と比べると、発動するまでの時間が短い。故に、事前に警戒しないと、防ぐ事は不可能だ。

それが壊れた事でノーディスは動揺する。

「――っ、ぐぁッ」

そして、設置魔法には致命的な欠陥がある。

いつであっても発動できるという利点がある半面、術者と魔力で繋がりを維持する必要があるのだ。そして、魔法が壊された場合、凄絶な痛みとなって、反動が術者に返ってくる。

壊す為には、膨大な魔力が必要となる。

……俺が設置魔法を壊す事を後回しにした理由が、これだ。

膨大な魔力を常に放出していたので、設置魔法を先に壊せるだけの余裕がなかった。

魔力がどんどんなくなっていき、既にズタボロの身体は限界が近い。

心臓を直接握り潰されるような感覚に、顔が引き攣る。

「……怯むとでも、思ったか」

なんとか踏ん張り、目を見開いてノーディスを睨み付ける。

口から血が滴りながらも立ち続ける俺に、シェヴァルも驚いている。

「何度も言わせ……るな。あの時の痛みに比べれば、こんなものはなんでもない。この程度じゃ、俺は止まらない」

これは、意地だ。限界を超えている。意地一つで身体を動かしている。

けれど、その意地も馬鹿にはできない。

現に、ノーディスとシェヴァルの二人がかりで、こんなにボロボロの俺に、未だとどめを刺せていないのだから。

「――ひ。ひひ、ひひひひひひひひ」

ノーディスが顔を歪め、笑い出した。

「嗚呼。ああ。アア。なるほど。選ばれた人間に『聖痕』は発現する。なんでキミだったのか分かるような気がするよ。その驚異的な精神力は、確かに『英雄』を彷彿《ほうふつ》させる」

「……『英雄』か」

ノーディスにそんな事を言われるとは、思いもしなかった。

「普通は無理なんだよ。脳が発した危険信号を無視して、当たり前のように限界を超えるなんて。あまりに常軌を逸している」

ノーディスの一言が、トリガーとなった。憎悪に支配され、シェヴァルの体躯が膨張する。

それはまるで、伝承にある魔人のようであった。

「少しばかり予定が狂ってしまったが、流石のキミもこれはどうしようもないはずだ」

ノーディスが言う。

前方にはシェヴァルだったものと、『聖痕』の力を行使するノーディスの姿がある。

残っている魔力からして、二人を同時に止める事は不可能かもしれない。

でも、問題はなかった。

「……随分と手こずらせてくれたが、これで終わりだ。僕の悲願の為に、死んで礎となれナハト・ツェネグィア――ッ！」

「――《氷霧時雨《ニヴルヘイム》》――」

そう、唱える。

一方でノーディスも膝をつき、吐血しながら、優に百を超える魔法陣を発動する。

俺の頭上には曇天が現れ、辺りに氷の霧が立ち込めた。

天を支配する大魔法。雲の隙間から見え隠れする、氷の刃の雨。

だが、限界をとうに超えている事もあって、魔力が足りない。

二人倒すには、心もとないものだった。

けれど、それで問題ない。ノーディスだけ、どうにかできれば、それでよかった。

最後の力を振り絞る。身体の感覚がなくなるほどに、限界まで魔力を注ぐ。

曇天が広がりきった時、ノーディスが発動した魔法陣から無数の魔法が放たれ、刃の豪雨と衝突した。

横目で、俺を攻撃しようとするシェヴァルを見る。勝利を確信したノーディスの声が聞こえた。

しかし、絶体絶命のその状況で、俺は笑う。

世話焼きでお人好しのエルフが、シェヴァルに狙いを定めていた事を知っていたから。

おそらく、俺の事が心配で戻ってきたのだろう。

「ごめんよ、アウレール」

俺が無茶をして死にかけている事に、彼女は怒っているだろう。そう思って、謝罪した。

しかし、その言葉は彼女に届く事なく、轟音によって掻き消えた。

「……なるほど」

それは、ノーディスの声だった。

ノーディスは首から下が凍り付き、身動きが取れない状態になっていた。

「全部、読んでいたというわけか」

「ま、ぁね」

右腕の義手を失った俺に、話しかけてくる。凄絶な、魔法と魔法の衝突。

ここに観客がいたら、間違いなく、大技同士の決着であると確信しただろう。しかし、ノーディスは用心深い性格であり知恵もある。復讐の為に長い年月を費やしたのだから、何がなんでもそれを決行しようとするだろう。俺という障害を、どんな手を使っても排除しただろう。

だから、これで終わらせようとしているなんて思わなかった。

結局、俺の読みは正しく、命をかけた魔法陣の展開は囮だったのだ。

魔法がぶつかる直前、ノーディスの背中から鋭利な牙が生えた触手が覗いたのを、俺は見逃さなかった。そしてその触手は、今俺の目の前で凍《い》てついていた。

俺の義手である右腕を食らった事で、ものの見事に凍り付いた。

「……ウォルフが引っ張ってくれなかったら、危なかったかもな」

繰り出された触手とシェヴァルの攻撃から、この疲弊した身体で逃げるのは、到底無理だった。

だから、避ける事を諦め、あえて氷の腕に噛み付かせたのだ。

そして、ウォルフに身体をひっぱってくれと目配せした。俺に残された選択肢はこれだけだった。

ウォルフが咄嗟に俺の服を引っ張ってくれなければ、ボロ切れのようになっていただろう。

ボロ切れどころか、木っ端微塵《こっぱみじん》だったかもしれない。ウォルフが残っていてくれて心底助かった。

「……全く、特別な力なんて碌でもない。そう思わないかねえ？　ナハト・ツェネグィア」

そう言うノーディスに敵意は感じなかった。

攻撃する気はないようだ。否——できない、が正しいのか。

身体の大半は氷に侵食されており、戦闘のせいでボロボロだった。

「ゲホッ！　うっ、ゲホゲホ……ゲホッ……」

己の命が短い事を悟ったのか、ノーディスが空を見上げる。

彼の命の灯火《ともしび》は『聖痕』の副作用と無茶な戦闘によって、もう少しで消えようとしていた。

アウレールに魔法で頭を撃ち抜かれたシェヴァルは、まるで砂のように、ゆっくりと崩れ去った。

「……特別な力？」

「キミで言うなら、『聖痕』。僕で言うなら、この体質の事だよ。僕は実は『魔族の子孫』なんかじゃない。ただ、人並み外れて治癒能力が高い特異体質なだけだ。小さい頃から、この体質のせいで、化物扱いされてた。たった一人を除いてねえ」

……なるほど。

特別な力がなければこんな不幸に見舞われる事はなかった。そう、言いたいのだろう。

確かに、俺に『聖痕』がなければ、ノーディスは微塵も俺に興味を持たなかった事だろう。ノスタジア公爵家から目をつけられる事もなかった。

シェヴァルも、ノスタジア公爵家に生まれなければ、『燦星公爵』という存在に縛られる事はなかったのかもしれない。そういう意味では、彼もまた被害者だ。しかし、ノーディスは特異体質と言ったが、何故『魔族の子孫』の振りなんかしていたのだろうか。

「ある女の子だけが僕に対して、差別する事なく接してくれた。そして、彼女自身も差別にあっていた。本当は『魔族の子孫』なんかじゃないのに、白髪と赤い目のせいで蔑まれたんだ。結局身体が弱かった彼女は、数々の嫌がらせで心と身体を壊して亡くなった」

ノーディスは一度息を吸い、さらに続ける。

「僕は自分が『魔族の子孫』と名乗る事で、白髪と赤い目が『魔族の子孫』という偏見をなくしたかった。恐怖で世界を支配する事で、差別のない世界を作りたかった」

ノーディスは特別な力を持っていたが故に蔑まれ、さらに大切な人を失った事で思想が歪んでしまったようだ。

「確かに、特別な力ってのは碌でもないね」

ぱきり。そう言った瞬間、魔力がなくなった事で氷が崩壊していく。頭上の曇天と氷霧も晴れる。

「でも、悪い事ばかりじゃなかった」

「そうかねえ？　少なくとも僕は――」

ノーディスの言葉を遮り、話す。

「『聖痕』のお陰で、巡り会えた仲間がいる。貴族として平凡に生きる人生は幸せかもしれない。でも、俺は今が意外と嫌いじゃないんだ」

「…………」

「まあ、あんたは嫌いだけどな」

「ハッ」

そう言うとノーディスに笑われた。そりゃそうだろうなと言わんばかりの表情だ。

「あんたもそうだろ」

特別な力がなければ、出会えなかった人がいる。

たとえ、そこに悲劇があったとしても、思い出はかけがえないものだ。

「……さぁて、どうだかねえ」

ノーディスの言葉で、会話が終わった。

彼が死にかけているのは間違いないが、一応まだ生きている。何をしでかすか、分からない。

最後の力を振り絞り、ノーディスのもとへ向かおうとする。

「――でも確かに、ほんの少しくらいはキミの言う通りだったかもね」

何を思ってか、ノーディスはそんな事を口にする。

一体、なんの話なのだろうか。

「『第二第三の自分を生み出してる』ってやつさ。未来が見えてなかった。でも、仮にそれに気付いても、変わらなかったと思うけどねえ。僕は何もかもが許せなかった。全部が憎かったんだ。他の事なんて、何も考えられなくなるくらいに。だから、許せとは言わないし、許してほしいとも思わないよ」

「…………」

疲労困憊の中、自分が操っている氷の刃を確認する。

とどめを刺すために、ほんの少しだけ魔力を残しておいた。

氷の刃でノーディスを刺す。傷は深いだろう。

彼は特異体質だ。ここで終わらせなければ、ノーディスは回復してしまうかもしれない。

最新の注意を払う。しかし、俺を攻撃する様子は感じられなかった。

「安心しなよ。今回は少し無理をしすぎた。ほら、回復してない」

ノーディスは、わざとらしく呆れる。

そして、何かを俺に投げて渡した。爆弾か何かだろうか。そう思って、距離を取る。

だが、地面に転がったそれは、どうにも爆弾ではないようだ。

ウォルフがそれを咥えて、俺のほうに走ってくる。

「それが、『聖痕』もどきの弱点さ」

「……こんなものが？」

それは石ころのような見た目だった。ノーディスはもとからシェヴァルを殺すつもりだったのだ。

殺せる道具を持っていても、なんら不思議はない。

だが、どうして今になってこんなものを渡してくるのだろうか。

「あの子……シェリアを助けたいんだろう？　それが、もしもの時は助けになるはずさ」

ノーディスの言葉にハッとする。

そうだ。早くシェリアのもとに向かわなければ。

だが、ここでノーディスから目を離せば、後々どうなるか分からない。

「ウォルフ」

「ガウ？」

「これを、アウレールに渡して、アンバーとシェリアのもとに案内してもらって」

俺の言葉を受けたウォルフが、アウレールのもとへ走っていく。

「賢明だね。もうそろそろ眠くなってきたな。確かに、僕は間違ってたかもしれない。あの世で、誰も傷つけない、僕なりの答えが見つかるといいな」

その言葉を最後に、ノーディスは目を閉じた。

そこで、緊張の糸が切れた。その場に膝をついて、倒れ込む。

全身筋肉痛になったかのように、身体が動かない。魔力も底をついた。どんどん身体が冷えていく。その時、温かいものが俺の背中を包み込んだ。

「……無茶しすぎだ」

「アウレール？」

今さっきウォルフを向かわせたはずなのに、もう戻ってきたのか。

「シェリアは……？」

尋ねると、淡々と答えが返ってくる。

「問題ない。理性を失っていたシェリアを悪運女となんとか落ち着かせて、先に私だけ戻ってきたんだ。ウォルフには匂いを辿って二人を見つけて、石を届けるように言っておいた」

「助けられてよかった」

「幸い、あまり傷はなかった。他の子供たちも、公爵邸の地下に閉じ込められていて無事だったぞ」

アウレールの言葉に胸を撫で下ろす。生き残っている子供たちがいて本当によかった。

「ねぇ、アウレール」

「なんだ」

「ごめん、ちょっと寝る。ウォルフが戻ってきたら、背中に乗っけてほしい。あそこ、寝心地いいから」

「分かった」

アウレールが笑う。でも、ウォルフの背中が一番気持ちいいのだから仕方がない。

そう思いながら、俺は意識を手放した。

◇◆◇◆◇◆

その翌日。

「一夜にして、ノスタジア公爵が失踪し、騎士団長リグルッド・ロディカ含む私兵の大半が氷漬け。加えて、ウェインライト伯爵邸が何者かによって爆破され、謎の魔物によって、複数名の貴族が襲われたとか——全く、とんでもない悪党がいたもんだね。アウレール」

「おちおち出歩く事もできないな」

「あたしも気を付けなきゃ」

俺の言葉に、アウレールとアンバーが同意する。

孤児院を訪れていた俺たちは、リザから受け取った新聞を適当に流し読みしながら、そんな事を話していた。

この事件について、詳細を全て知っているが、貴族に教えてやる義理はない。

ノーディスの目論みを阻止してやったのだから、感謝くらいされてもいいかと思うが、今後話す事はないだろう。そう思いながら、俺は新聞を手放した。

リザには俺たちは無関係と言ったが、アンバーがウェインライトの事を話した直後にこれである。

さらに、俺がボロボロだったので、リザはかなり怪しんでいたが、深くは聞かれなかった。

失踪していた子どもたちが帰ってきたので、その身を案じるのに忙しくしていた。

「ところで、なんで君は俺の隣にいるのかな」

「……わたし？」

「他に誰がいるよ」

普段ならウォルフかアウレールが俺の隣にいるのだが、今日はシェリアが隣にいた。

子供たちの輪の中に入らず、何故か俺の側にいる。

「……え、っと、感謝の言葉を言おうかなって」

「多分、十回は聞いたかな。もう十分だから」

助けた事についての感謝は、既にシェリアから沢山聞かされていた。

おそらく、本当の理由をはぐらかしているのだろう。

他の子たちと一緒にいたくないのかと思ったが、ウォルフと走り回る子供たちを羨ましそうに眺めている。よく分からなかった。

「で、本当のところは？」

「……自己嫌悪、かな」

「自己嫌悪？　なんで？」

シェリアの言葉を聞いて、横からアンバーが口を出す。

「…………」

シェリアは俯くだけだった。言いたくないのか、表情が曇る。

無遠慮とは思ったが、踏み込んでみる事にした。

「なんで？」

「……のにって、思ってたから」

「へ？」

声が小さくて一度では聞き取れなかった。

「一度だけ、あの子たちが苦しめばいいのにって、思っちゃった事があるから……一緒に遊ぶのが申し訳ないの」

俺たちにだけ聞こえる音量で、シェリアが答えてくれる。

「ああ、そういうことか」

すぐに理解できた。

人体実験を受けている時、『何故自分だけこんな目に遭わなくちゃいけないんだ』と思ったのだろう。自分じゃなくて、あの子たちが苦しめばよかったんだ。そう思った事があるのだろう。

俺も似たような気持ちを味わった事があるから、すぐに理解できた。

「別に、俺は気にしないでいいと思うけど」

「なんで。わたし、皆が苦しめばいいって思ったんだよ。わたしの代わりに、苦しめって……」

「まあ、褒められた事ではないわね」

多分シェリアは責められて、楽になりたいのだ。

アンバーの言葉を聞いて、ほんの少しだけ安堵しているように見えた。

「でも、今もそう思ってるわけじゃないでしょ？　だってあんた、助けてあげた時に真っ先に他の子の心配をしてたじゃない」

「……」

アンバーの言葉に、シェリアが黙り込む。

シェリアを助けた時、俺は居合わせていなかったから、知りようがない。

でも、自分よりも先に、誰かの心配が口から出てくるなんて、なかなかできる事じゃない。

「別に、人なんだから誰しも弱気になる事はある。よくない感情を抱く事もある。でも、そんなのをいちいち気にしてたらキリがないわよ。そういうのは胸に留めておいたらいいのよ。そうすれば誰も傷付かない。時には隠し事をしたほうがいい事もあるのよ。ねえ、アホレール」

「急にこっちに振るな、悪運女」

「……まあ、俺もアンバーの言う通りだと思うよ。それでも納得できない時は……」

「……その時は？」

「何か、その人が喜ぶ事をしてあげたらいいんじゃないかな。知らなくてもいい事を知って悲しくなるより、喜ぶ事をして自分の中で清算したほうが、ほら、皆ハッピーじゃん」

「……確かに、そうかも」

「というわけでほら……」

そう言って、俺は隠していたお菓子を取り出す。

前回は子供たちを全員ウォルフに取られてしまったので、今日は大人の力を見せつけてやると思って買ってきたのだ。秘密兵器だったが、仕方がない。

「これあげるから、皆で食べておいでよ」

「……うん」

俺からお菓子を受け取り、走ってゆくシェリアの背中を眺める。

すると、アンバーから声がかかった。

「それで、二人ともシャネヴァはいつ出るの？」

「そうだなあ。長くて一週間ってところかな」

「妥当だな」

「だよね」

氷漬けの件が、いずれ俺の親族に伝わるかもしれない。

俺を陥れた元凶である、シェヴァルとノーディスを倒したから、これ以上貴族と争うつもりはない。倒す事もできるが、やはり貴族は苦手なので、できれば関わりたくない。

そんなわけで、早いところ何処かに移動しようかと思っているのだ。

「……ま、何かあればまた訪ねてきなさいよ。恩を返すどころか、恩が増えちゃったし」

「それを言うなら、俺のほうが恩を返せてないよ」

「恩？　ナハトがあたしに？」

「うん」

アンバーは、自分の行為がどれだけ俺を救ったのか理解していない。

多分、馬鹿正直に話したところで、それのどこが恩なのだと言う事は分かり切っているので、わざわざ教えない。間違いなく俺が受けた恩のほうが、まだまだ大きい。

何せ、アンバーやアウレールに救われたからこそ、今の俺があるのだから。

「だから、またいつか、恩を返す為に訪ねるよ。今度はちゃんと、お土産を持ってね」

「こんなヤツに土産なんていらないと思うが」

アウレールが口を挟む。

「あ。アホレールは一緒に来なくていいわよ。邪魔だから」

「分かった。お望み通り絶対に同行しよう。土産は不味いものを選んでおく」

「本当に、こいつだけは……!!　こいつだけは……!!」

いつも通りのやり取りをする二人を横目に、俺はわざとらしく深い溜息を吐いた。

いつになったらこれが直るのやら。

……あ。そっか。この機会に二人の仲をどうにかしちゃえばいいのだ。

「よし。時間もあるし、たまには三人で何かしよっか」

「……悪い、急に腹の調子が」

「ち、ちょっとあたしも胃の調子が」

アウレールとアンバーが急に具合が悪い振りをする。

「お前は朝からばくばく食べてただろうが」

「それを言うなら、あんたも絶対嘘でしょうが⁉」

二人が睨み合う。

「そういえば、服が破れちゃってあと一着しかないんだよね」

逃げないように二人の手をがっちり握りながら、俺は満面の笑みを浮かべて言う。

「というわけで、服を買いにいこっか」

「「なんでコイツと……‼」」

息ぴったりな悲鳴が聞こえるが、そんなのは関係ない。

これまで色々あったが、俺は今が一番幸せで、楽しい。

できる事なら、この日常が長く続きますように。

そんな事を願って、俺は歩き出した。

婚約破棄《こんやくはき》をされた

悪役令嬢《あくやくれいじょう》は、すべてを見捨《みす》てることにした

She hates all that despised her.

AUTHOR: Alto

［著］アルト

7年分の“ざまぁ”お届けします。

婚約者である王太子の陰謀により、冤罪で国外追放に処された令嬢・ツェレア。人里に居場所のない彼女は、『魔の森』へと足を踏み入れる。それから七年が経ったある日。ツェレアのもとを、魔王討伐パーティが訪れる。女神の神託によって彼女がパーティの一員に指名され、勧誘にやって来たのだ。しかし、彼女はそれを拒絶し、パーティの一人を痛めつけて送り返す。実はツェレアは女神や魔王と裏で結託しており、神託すらも彼女の企みの一端なのであった。狙うは自分を貶めた王太子の首。悪役にされた令嬢ツェレアの過激な復讐が今始まる――!

◎定価：本体1200円＋税　◎ISBN 978-4-434-27234-9　◎Illustration：タムラヨウ

The Record by an Old Guy in the world of Virtual Reality Massively Multiplayer Online
とあるおっさんのVRMMO活動記
1～27
椎名ほわほわ
Shiina Howahowa
アルファポリス
第6回
ファンタジー
小説大賞
読者賞受賞作!!
150万部突破の大人気作
(電子含む)
TVアニメ
2023年10月放送開始!
CV
アース：石川界人
田中大地：浪川大輔
フェアリークィーン：上田麗奈
ツヴァイ：畠中祐 ／ ミリー：岡咲美保
監督:中澤勇一 アニメーション制作:MAHO FILM
超自由度を誇る新型VRMMO「ワンモア・フリーライフ・オンライン」の世界にログインした、フツーのゲーム好き会社員・田中大地。モンスター退治に全力で挑むもよし、気ままに冒険するもよしのその世界で彼が選んだのは、使えないと評判のスキルを究める地味プレイだった！――冴えないおっさん、VRMMOファンタジーで今日も我が道を行く！
各定価：1320円(10%税込)
Illustration：ヤマーダ
～27巻好評発売中!!
とあるおっさんのVRMMO活動記
1
漫画：六堂秀哉
●各定価：748円(10%税込) ●B6判
コミックス1～10巻好評発売中!!

没落した貴族家に
拾われたので
恩返しで
復興させます
六山葵
Aoi Rokuyama
魔法の才で偉くなって
没落した実家を
立て直そう!
悪魔にも愛されちゃう
少年の王道魔法ファンタジー!
あくどい貴族に騙され没落した家に拾われた、元捨て子の少年レオン。彼の特技は誰よりもずば抜けた魔法だ。たまに夢に見る不思議な赤い本が力を与えているらしい。才能を活かして魔法使いとなり実家を立て直すため、レオンは魔法学院に入学。素材集めの実習や友人の使い魔(猫)捜し、寮対抗の魔法祭……実力を発揮して、学院生活を楽しく充実させていく。そんな中、何かと絡んできていた王国の第二王子がきっかけで、レオンの出自と彼が見る夢、そして魔法界の伝説にまつわる大事件が発生して――!?
◎定価:1320円(10%税込)　◎ISBN 978-4-434-32187-0　◎illustration:福きつね
没落した貴族家に
拾われたので
恩返しで
復興させます
六山葵
魔法の才で偉くなって
家はボロ小屋
風呂も洗濯も川の水
没落した実家を
立て直そう!

便利すぎるチュートリアルスキルで異世界
ぽよんぽよん生活
Omine
著 御峰。
心優しき少年が
異世界すべての
人々を幸せにする
超ほっこり
冒険譚、開幕！
エラーで手に入れたチュートリアルスキルで
無自覚に最強!?
勇者召喚に巻き込まれて死んでしまったワタルは、転生前にしか使えないはずの特典「チュートリアルスキル」を持ったまま、8歳の少年として転生することになった。そうして彼はチュートリアルスキルの数々を使い、前世の飼い犬・コテツを召喚したり、スライムたちをテイムしまくって癒しのお店「ぽよんぽよんリラックス」を開店したり——気ままな異世界生活を始めるのだった!?
●定価：1320円（10%税込）　●ISBN 978-4-434-32194-8
●Illustration：もちつき うさ
便利すぎるチュートリアルスキルで異世界
ぽよんぽよん生活
御峰。
エラーで手に入れたチュートリアルスキルで
無自覚に最強!?
わがまま勇者を懲らしめたり、魔物を一刀両断したり、
ご主人カッコイイー!!

追放された神官、【神力】で虐げられた人々を救います！

女神いわく、祈る人が増えた分だけ万能になるそうです

著 Saida《サイダ》

万能な【神力】で、捨てられた街を理想郷に!?

俺だけに見える女神と マイペース 救済生活はじめます！

教会都市パルムの神学校を卒業した後、貴族の嫉妬で、街はずれの教会に追いやられてしまったアルフ。途方に暮れる彼の前に現れたのは、赴任先の教会にいたリアヌンという女神だった。アルフは神の声が聞こえるスキル「預言者」を使って、リアヌンと仲良くなると、祈りや善行の数だけ貯まる「神力」で様々なスキルを使えるようにしてもらい——お人好しな神官アルフと街外れの愉快な仲間との温かな教会ぐらしが始まる！

◎定価：1320円（10％税込）　◎ISBN 978-4-434-31920-4　◎illustration：かわすみ

この作品に対する皆様のご意見・ご感想をお待ちしております。

おハガキ・お手紙は以下の宛先にお送りください。

【宛先】

〒150-6008 東京都渋谷区恵比寿 4-20-3 恵比寿ｶﾞｰﾃﾞﾝﾌﾟﾚｲｽﾀﾜｰ 8F
（株）アルファポリス　書籍感想係

メールフォームでのご意見・ご感想は右のＱＲコードから、
あるいは以下のワードで検索をかけてください。

アルファポリス　書籍の感想　検索

ご感想はこちらから

本書は Web サイト「アルファポリス」（https://www.alphapolis.co.jp/）に投稿されたものを、改題・改稿、加筆のうえ、書籍化したものです。

絶対零度《ぜったいれいど》の魔法使《まほうつか》い２

アルト　著

2023年 6月30日初版発行

編集－和多萌子・宮坂剛
編集長－太田鉄平
発行者－梶本雄介
発行所－株式会社アルファポリス
〒150-6008 東京都渋谷区恵比寿4-20-3 恵比寿ｶﾞｰﾃﾞﾝﾌﾟﾚｲｽﾀﾜｰ8F
TEL 03-6277-1601（営業）　03-6277-1602（編集）
URL https://www.alphapolis.co.jp/
発売元－株式会社星雲社（共同出版社・流通責任出版社）
〒112-0005 東京都文京区水道1-3-30
TEL 03-3868-3275
装丁・本文イラスト－∴
装丁デザイン－AFTERGLOW
印刷－図書印刷株式会社

価格はカバーに表示されてあります。

落丁乱丁の場合はアルファポリスまでご連絡ください。

送料は小社負担でお取り替えします。


ISBN978-4-434-32192-4　C0093